◆◆ 中国文学名家散文精选丛书

月光的种子

张红静 著

江西高校出版社
JIANGXI UNIVERSITIES AND COLLEGES PRESS

南 昌

图书在版编目（CIP）数据

月光的种子 / 张红静著 . -- 南昌 : 江西高校出版
社 , 2025. 6. -- (中国文学名家散文精选丛书).
ISBN 978-7-5762-5771-7

Ⅰ . I267

中国国家版本馆 CIP 数据核字第 2025WH0472 号

责 任 编 辑　孙祥耀
装 帧 设 计　夏梓郡

出 版 发 行　江西高校出版社
社　　　址　江西省南昌市新建区工业二路 508 号
邮 政 编 码　330100
总 编 室 电 话　0791-88504319
销 售 电 话　0791-88505090
网　　　址　www. juacp. com
印　　　刷　鸿鹄（唐山）印务有限公司
经　　　销　全国新华书店
开　　　本　650 mm×920 mm　1/16
印　　　张　13
字　　　数　160 千字
版　　　次　2025 年 6 月第 1 版
印　　　次　2025 年 6 月第 1 次印刷
书　　　号　ISBN 978-7-5762-5771-7
定　　　价　58.00 元

赣版权登字 -07-2025-224

灵魂的寄居（自序）

我一直想做个写书人。直到 29 岁的一天才开始写作。至于写什么内容从来没有计划好。在我看来，散文就像树上的果子，到了秋天，自然会瓜熟蒂落。我的树上结了很多这样的果子，它们大大小小，长长短短，零零落落。我想给它们一个篮子，让小精灵们自己跳进去。于是，有灵性的果子纵身一跃，进了果篮。那些失了颜色，不显山不露水的果子被落在后面。果篮满了，我也不知道这里面的果子会不会甘甜，只晓得它们有温度，有欢笑，也有看不见的无声的泪花。愿读者读到它们时，都能得到爱与亲情，也让我在重温那些岁月时得到灵魂的治愈。

我常常思考：我们的灵魂一直在肉体里寄居吗？我们的身体是不是灵魂的寄居地？如同在我的散文《寄居地》中所说："什么是他的寄居地呢？是一方小小的盒子？而这个盒子也将重归到泥土里去。身体是灵魂的寄居地。小小的盒子是身体的寄居地。我知道了人都是没有家的，家在我们不断行走的路上。仿佛是家的地方都是我们的寄居地。"对于书写者来说，文字的魔方里就是他的寄居地，也是他灵魂的寄居地。

我选的散文记录着成长，有着浓重的乡愁，而乡愁都隐没在亲情爱情的叙述里。记得作家崴崴说过：你无法不写自己。但作品里的自己也早已不是自己了。重温自己的作品，我会发现一个全新的自我，一个书里的自我，一个超脱了本我的自我。我有所怀疑，那是我吗？穿过岁月的长廊，好像那是很久远很久远的故事，故事里的主人公，像熟悉的陌生人。我把我自己活成了陌生人。若干年后看这些文字，我与自己来了一次亲密的拥抱，一场彻夜畅谈。你还好吗？我与我自己握手言和。现在的我原谅了我过去的玩世不恭，那个过去的我也谅解了我现在的一世蹉跎。感谢生活让不同时期的我们相遇；感谢亲人养育了我，亲近了我；感谢师友帮助了我，提携了我；感谢读者，让您的灵魂在我的文字魔方里做一个短暂的停留。谢谢你啊，打开一本书，给寂寞的作者以慰藉和共鸣。

岁月不居，时节如流。愿目之所及，皆为良善，心安之处，皆为故乡。愿君心如愿，愿他人依旧。

是为自序，以飨读者。

目　录
CONTENTS

第三辑
自然篇

流年篇

第一辑

西班牙与杜鲁门

有些人是注定要消失的，比如杜鲁门。

有些人是永远存在记忆里的，也比如杜鲁门。

杜鲁门就是鲁美，一个留在记忆里的长头发女孩。我是在高三时认识她的。她是市一中下来复读的女生。

当我第一次叫她杜鲁门时，她的愤怒不亚于五星级地震："什么杜鲁门？我是女生啊！你这个西班牙！"

我怎么忽然就是西班牙人了呢？原来我左边第二个和第三个牙齿之间有个不小的缝隙。这贼眼睛真毒，我的一点瑕疵都让她发现了！枉费我平时笑不露齿的淑女风范了！罢了，索性就大嘴巴咧着笑吧！

一直弄不懂，杜鲁门这么聪明的人怎么就马失前蹄呢？

早晨六点一过，宿舍里陆陆续续就起床了。杜鲁门一定还睡在甜蜜的梦乡里，因为我向她看了一眼，她紧闭着两只小眼睛，似乎没有任何动静。要跑步了，宿舍里已经静下来了。我说："杜鲁门，该起床了！

早读了，晚了四郎要堵住门了！"

四郎是我们的老班。年轻得很，有时我们喜欢叫他四郎。

"西班牙，再睡会儿，睡一分钟行不行？"

于是我们又继续回味了几分钟。好像跑操的步子也远了。早读开始了。

"杜鲁门，四郎肯定进教室了，赶紧！"

"放心，打死他不敢进咱女生宿舍门！"

我一骨碌爬起来。这个有着日本名字的老班，我已经领略他三年了。只要他想怎么处罚你，你是长了翅膀也飞不跑的。

我穿好衣服，抹一把脸就飞出宿舍。身后传来杜鲁门声嘶力竭的叫喊："西班牙你给我回来，你一个人能独当一面吗？不怕木头吃了你！"我这才一惊，我不能跑在前面。前面有恶虎，谁先去就要先被吃，索性一块走吧！

我又回过头来。她正拿着大梳子在胡乱裁头发。她的头发已经长过屁股了。我再也无法忍受她的乱头发了，随后甩甩自己的短发又往前跑。

走到楼下还是有些怯了。我躲在楼角偷偷等杜鲁门。她晃动着她的长头发跑来了，眼里没忘得意地对我笑笑，似乎在说，没我，你不好混混吧！

的确是这样。有时一个人就是一条虫，两个人就壮了胆，羞愧感和羞耻心顿时降了一半。四郎果然横在教室门口。我们低着头，装作没看见，希望四郎发发慈悲不难为我们，身体往一边倾斜一下，我们就顺利过关了。

四郎如果发慈悲就不是日本四郎了。他早就在这里等着我们光临教室了。"站着吧，如果能够站下去的话！"

什么？罚站？我们是高三女生啊！我跟杜鲁门面对面看着对方。脸面是无论如何都不能对着老师和同学的。我们两个，反而窃窃地笑了起来。

杜鲁门的到来对我真是一场灾难，我们的相同个性登峰造极。后来干脆就不去上早读，既然早读在教室里站岗，还不如在宿舍里养精蓄锐呢！

学校的伙食真他妈的差劲！这句话是杜鲁门说的。于是，她带我出去到快餐吃饭。两个小饼，葱花饼，肉饼或者其他菜饼。再喝一碗专为学生做的蛋花汤，免费的咸菜，或者买个咸鸭蛋。在外面吃得舒心而且不用挤着排队。最重要的是，每天都可以出来放放风。

对面桌子上的男生凑过来说："两位，咱们三个搭伙吧！这样我们就能每顿要个上好的菜。"

杜鲁门给我眨巴眨巴小眼睛。我则讨厌那些会算计的男生。我希望他这样说："两位美女，今天的午饭我请了。"

我没好气地扁他："对不起，我数学不好，不会算几角几分钱的账。"

回去的路上，杜鲁门就跟我吵了起来。甚至于一路拣着矿泉水瓶子跟我吵架。手里拎不清了还涌在我怀里。

"再穷我也不下作！"我把手中的瓶子扔出很远。

"西班牙你别他妈的清高了！你不就赚过几回稿费吗？这算什么？不够我拣两天瓶子的钱！不错，我下作，我下作了六年了，我十三岁就开始下作了！"

她疾步走到我前面去，随着屁股生气地一扭一扭，长头发伏在背上像一条弯曲的蛇。她拣起瓶子继续跟我吵并再次把瓶子塞到我怀里。

"我鞋子坏了，你自己走吧！"我佯装修鞋坐了下来，其实是不想跟她一起丢人。她狠狠地瞪了我一眼。我怎么跟她成了死党？

修鞋的是个双腿残疾的姑娘。有一双尖细而世俗的眼睛。她一天到晚坐在学校门口修鞋，摊位前总有人坐着。这回坐着的是个比我大不了多少的姑娘。她赤着脚并把两只光滑的脚丫子埋在沙土窝里。她让我想起了大象。它们常常滚在泥浆里快乐地洗澡。她的两只手攀着两只脚丫子，一副很惬意的模样。她口中跟我谈论的却是《呼啸山庄》。

听她清谈，我忘了时间，忘了上课。一个下午就晃过去了。她说书就是不读空虚越读越觉无知读多了也不能当饭吃的东西。大学毕业了，读了一肚子名著仍旧找不到好工作。修鞋姑娘不时给她送来轻蔑的一瞥。她清谈了一个下午，修鞋姑娘则赚了一下午零钱。

我从没有上大学的想法，但是她说的那些让我深深地感到自己的无知。

回到教室，我一个人埋头写日记。杜鲁门拣了六年瓶子，我写了六年日记了。

数学老师的公子猫进教室。他坐到我对面，我把本子收了起来。

"听说你们班这次数学考试最低分28，我还考了32分呢！说说是谁呀？"

我想起了杜鲁门对我恶狠狠地瞪眼睛，我把这种恶狠狠转给眼前这个无聊的人。

"是我，你满意了吧，人渣！"

我是个假淑女，他涎着脸笑："别这样嘛，跟你打听个事儿。听说满清王朝家很有钱啊，你知道吗？"

"谁是满清王朝？"

"鲁美呀，我们私下都叫她满清王朝。现在谁还拖着那么长的辫子？"

"去你妈的头！你才是满清王朝，你死了心吧，她家没钱，靠拣瓶子生计！"他不能在我这里打听出什么来，没趣地走开了。

我今天看到谁都觉恶心。搭伙的男生，拣瓶子的朋友，攀脚丫子的大学生，问钱的人渣。怎么所有人都围着钱转？钱，算什么东西？

晚上我又跟杜鲁门和好了。

"为什么拣瓶子，高三女生，你很缺钱吗？"

"我全家死光了，我不想法赚钱怎么生存？西班牙，你还太嫩！"

我没理她，一个人闷闷地睡着了。

第二天中午，忽然有人大声喊："杜鲁美，你妈来看你了！"她不是说自己全家死光了吗？

一个年轻漂亮的姐姐来到教室门口。杜鲁门很不情愿地走出去。这就是杜鲁美的妈妈？是小妈妈吧，我猜！

我们在屋里议论着，女生总是不停地议论。

"她就是小妈妈！"杜鲁门告诉我。

我能够想象杜鲁门15岁那年的样子．她趿拉着拖鞋，散乱着长长的头发来到大饭店的门口。保安一定看不上这个穿着肥肥的大裤衩的怪人。"这不是你来的地方，出去出去！"喧嚷声把来庆祝生日的同学引了出来。"快让她进来！我的小姑奶奶，你终于还是来了！她可不是简单的小混混！"

杜鲁门这才大模大样地踱了进去。我猜她可能肩膀上扛着一大堆袜子。她常常在晚上的夜市里摆地摊。何止是摆地摊？她还在早晨卖报纸，中午回去的路上又挑着矿泉水瓶子，有时上学的路上还偷偷兜售一些廉价的首饰。杜鲁门，她原来是个彻头彻尾的商人。

我还能够想象她 13 岁时离开家的样子。她那张尖刀似的嘴巴把浪荡子父亲和小妈妈痛骂一阵之后就跑了出来。在校常常受到家人的打扰，她索性在外面租了房子。她开始蓄长长的头发，连她自己都不知道为什么留长头发。或许只有长头发才是完完全全属于她的。她发誓要过上让父亲丢脸的生活。那就先从父亲公司附近拣瓶子开始。

　　小妈妈来过之后，有人陆陆续续地来看杜鲁门了。

　　先是爷爷。爷爷高大的个子，笑声爽朗。看习惯了杜鲁门在我们面前的嘴脸，她在爷爷面前快活着撒娇的小样儿反让人恶心。她个子小，头发又特别的长，如果往常是个小妖女的话，现在已经变成爷爷眼中的小精灵了。

　　接着来看她的是妹妹。妹妹小三岁，是个美人胚子，杜鲁门也很快活，带着她到饭店吃饭，临走反而给妹妹一些钱。她们的爸爸现在是个很阔的老总，但是姐妹俩都没用他的钱。妈妈没有再婚，索性回老家种地养活小女儿。

　　最后来看望她的是个帅帅的男生。用帅气已经不能恰当地形容他了。在我的眼里他有着那些成熟男人特有的沉稳。

　　走开！我不是不让你来找我吗？你能让我安静地过下去吗？

　　杜鲁门晃动着她的头发。

　　他好像已经找了她很久了，非常痛苦地蹩着眉头。但是杜鲁门就像个疯子一样把他生生地打发走了。

　　一直不理解杜鲁门到底有哪些魅力吸引着他？杜鲁门非但算不上美女，连普通长相都有些牵强。而且还满嘴脏话。如果不是她的长头发，她几乎连女性特征都没有。况且现在男人长头发都不算稀奇了。我甚至有些恶毒地憎恨她。

没道理的杜鲁门，她把她男朋友赶走后却跟我吵了起来。她必须把她的火气转移一下。

"你没见过这样的男人，西班牙，你还太嫩！"

我早就无法忍受成为她的出气筒了。

"杜鲁门，你还不够歹毒吗？家人都对你这么好，你却说家人死光了，你以为自己是什么好东西呢！"

我总是吵不过她。最后她拉我的手说："走吧，今天我请客。"我无法不去，就这点我很佩服她，也喜欢她。甘做她的跟屁虫。我们又和好了。

四郎是个好同志，我们回来的时候，杜鲁门没头没脑地说了这样一句。

四郎在我眼里就是法西斯。他的两个前门牙好事地站出来看外面的世界。脸上是一块块丘陵。个子大脚小，整天迈着急急的小碎步，有点像日本鬼子。

四郎的小脚有目共睹。运动会上，他要把脚上的皮鞋换成运动鞋。但是男生们的鞋子都大，老天！最后他竟换了杜鲁门的运动鞋。一想起这事我就笑得喘不过来。

四郎就是个好同志。杜鲁门跟我又说了一遍。

难以忍受。四郎三年以来不知让我站了多少回。他要我们背时政，一句一句地过关。但凡有错的漏的就一定不会放过。每年我都祈祷换新老师，但是他却跟了我们三年。

"杜鲁门，你没病吧！求求你，你不剪长发没关系，你可不能爱上四郎啊！"

"你懂什么？你以为我男朋友爱我吗？那是爱吗？你了解他多少？

你知道我赚的钱都放哪了，给谁了？给他做生意打水漂了。他爱的不是我，知道吗？他爱的是钱。"

她把钱看得太重，但我又说服不了她。

"你老爹好色，你不但好色还贪财！"

"随你怎么说吧，西班牙，有句话你记住，就像我不是世上最聪明的人一样，你也不是世上最漂亮的人。比我聪明的有的是，比你好看的就更多了。我们记住就行了，那就永远不要自以为是。"

往回走的路是正南方向。高中对面就是中心小学。

我的眼前闪现了一个熟悉的身影。是四郎在踩着日本女人似的小碎步送妻子过马路。

"看，四郎！"我说。

杜鲁门用很羡慕很向往的眼神注视着前方。四郎的胳膊揽在妻子的肩头，很是小心翼翼。

"或许他老婆怀孕了呢！看他毕恭毕敬的样子，生怕老婆闪了腰跌了脚。"我说。

杜鲁门不搭理我。

"你爱上他了？"我问。

"你不明白的，西班牙，我说他是好男人并不是要爱上他。你不懂，我一辈子都不会结婚的，你还太嫩。"

我怎么会不知道？四郎每天饭后都要送妻子过马路。马路对面就是妻子上班的小学。我是怕杜鲁门坠入情网。我看的爱情小说太多了。用她的话说，我还太嫩，不懂。

我很高兴。在我们高考之前，杜鲁门再也没有拣过瓶子。她只在三种情况下拣瓶子。一是在老爹面前的时候，老爹丢她的脸面在先。第二种情况是穷愁潦倒的时候，还有就是心情极糟的时候，尤其是在钱给了男友而他又背叛自己的时候。

杜鲁门说我缺一根筋，少不了苦头吃，不考大学的话将无法更好地生活。做买卖没头脑，算账又不中用，力气活干不来，那些好吃懒做下作的活定然不屑于。所以，我必须要洗心革面好好学习。既然杜鲁门这样说了我就一定这样做，我已经很是崇拜她了。

四郎的脸整天笑眯眯的。他好像并没有我以前认为的那样凶残。或许是看到了我的转变吧。我并不是不可救药的，只是有些误入歧途罢了。我一向厌恶正儿八经地上课，时间都在书店和大街上晃过去了。每个月考过后他就让我写一份二十多页的总结。大约他从来没有看过什么，只是让我有个反思的过程罢了。杜鲁门也似乎换了一个人，每天都给我帮忙解数学题。四郎的政治也并不难背了。三年以来，我比任何时候都希望自己能上大学。这大概还得益于攀脚丫子的大学生？

"我要到安市去一趟！"杜鲁门告诉我，"我要去看看周哥，这样我考试才能安心。"

"周哥是谁？"我问。离高考就几天了，不想看她到处乱跑。

杜鲁门就是怪人，她想方设法远离亲人和朋友。还总是用逃跑和隐居的方式让自己一个人待在陌生的地方。但是这个周哥却是让她主动去看望的人。

"周哥在哪儿？"

"第一人民监狱！"

我不寒而栗。

我只能发挥我的想象。周哥一定是社会上的混混。杜鲁门一个人在社会上做生意时定然没少得到过他的照顾。

周哥是怎么进去的我却想象不出来。他被判多少年我也无从知晓。杜鲁门说过一辈子都不会结婚是不是他被判了无期徒刑？他到底多大了，杜鲁门什么时候开始跟这样的人交往？一个谜跟着另一个谜。我真有些担心她会成为社会上的大姐。她若进了监狱，我会不会去看她？我随即又摇摇头。

终于考完了，我如释重负。四郎跟杜鲁门并肩在我前面走着。我忽然想起那天她说四郎是个好同志的庄重神情。

杜鲁门的长头发拧成了麻花辫。这是很古老很土的方式，跟她前卫的思想格格不入。辫梢好像安稳了不少。要毕业了，她肯定有很多话要说。

一会儿，四郎加快了步子，杜鲁门便慢了下来。

"西班牙，你该去谢谢四郎呀，你真没良心啊！"她说。

他是我三年老班，我没少给他添过麻烦，也没少恨他。

"西班牙，你考上了一定不要忘了四郎。四郎是个好同志！你知道因为你，他跟我谈了几次话吗？他问我你的状况，他让我帮你数学，他让老师们看你的每一份月考总结。你的哪一回进步不是与他有关？"

"真的吗？"我不相信我的耳朵。我以为我的学习全是我自己的努力，原来四郎和杜鲁门都在默默得关注我和帮助我。而我竟然……

坐上回去的列车，车上放了周华健的歌：

"给你我的全部，你是我今生唯一的赌注，只留下一段岁月，让我无怨无悔，全心地付出"……

杜鲁门伏在椅子背上哭了起来。我不知如何安慰她。她应该比任何人都坚强的。

我一遍遍品味歌词，到底是哪句触动了她的万千情思？

"怕你忧伤怕你哭，怕你孤单怕你糊涂，红尘千山万里路，我可以朝朝暮暮。"

考完后我回家，杜鲁门要上哪儿？不会到父亲公司前拣酒瓶子了吧？不会找帅男索要钱去了吧。他们已经结束了，杜鲁门很仗义，才不跟这种人翻旧账。会不会找妈妈去？妈妈一定把她锁到家里哪都不让去。爷爷年纪大了，肯定受不了她不着家的毛病。她最喜欢在一起的应该是周哥了，但周哥在监狱。

她又要租房子了。她一定又想法子赚钱了，除了赚钱，她还能做什么？

"提着昨日种种千辛万苦，向明天换一些美满和幸福，爱你够不够多，对你够不够好，可以要求不要不在乎，不愿让你看见我的伤处，是曾经无悔的风雨无阻，拥有够不够多，梦得够不够好，可以追求，不认输。"

其实，老爹是很喜欢这个女儿的。杜鲁门三岁时得过一场重病，医院已经将她判了死刑，老爹背着她遍寻良医甚至求仙拜佛。她的命终于拉回来了。父亲是她命中的贵人。但是她一定要逃离父亲。她不容许父亲爱另一个妈妈之外的女人。她一定想她顽劣的老爹了。

杜鲁门说去广州两个月，朋友做生意她入了股。她的朋友天南海北，我不知道都是些什么朋友。大约没有一个是在校的同学。她看起来并不缺钱花，尽管她已经不拣旧瓶子了。

"我们拣旧瓶子去好吗？"我小心翼翼地问她。

"很好玩，让我陪你拣一次吧！"我怕我以后再也见不到她了。

杜鲁门噗嗤笑了起来。

"嘿嘿，好啊！我真有些手痒痒了呢！"

我终于可以过那种抱书的日子了。我胜利地度过了分数线。一大早，我就来到学校填报志愿。

跟杜鲁门兴奋地拥抱之后，让她笑话的眼泪又流出来了。我又给四郎一个带着泪水的拥抱，他傻傻地咧着嘴巴不知所措。忽然感觉他是那样亲，那样亲。

再见了，母校，再见了，四郎，再见了，杜鲁门。

杜鲁门考上了外省的本科，我在本地上了师专。

我问杜鲁门："我来代替你看望周哥行吗？让我认识一下可以吗？我比你更方便些！"

"傻丫头，我的朋友你一个也不要结识，你永远不要卷到我的朋友圈子来！"

"那你可以答应我剪掉长头发吗？做个漂亮女孩，再换上裙子！"

杜鲁门哈哈大笑。

"穿裙子？我小时候自己穿过一次，穿反了，都笑话我，以后就没再关注那玩意儿！"

她越是不让我去见周哥，我就越对他感兴趣。可是那种地方怎容我随便进呢？我只能根据以往她的复述来想象了。

周哥很瘦很瘦。虽经过几年的牢狱生涯，但他的眼睛依旧闪闪发亮。尤其是见到杜鲁门这个小妹妹来看他。他还保持着餐前吃一碗辣椒的习惯吗？他的精彩的口技一定更加精妙绝伦了。

杜鲁门告诉我，聪明人都在监狱里呢！

大学并不是我想象里抱书的地方。大一的第二个月，家里突然没有了经济来源。

想念杜鲁门。想念她的瓶子。但我是不会拣瓶子的。

我做了一份家教。日子就留在了来来回回做家教的路上。这时，杜鲁门像一阵风一样地来到我面前。

依旧是带着泪水的拥抱。是我的泪而不是她的泪，她只有在听某首歌的时候才会流泪。

"西班牙，你这个傻瓜，你就是这样谋生的，会营养不良的。"

她是带同学们来登泰山的。自己反而不去了。

"今天我来教教你怎么赚钱。有人用脑子赚钱，有人用手赚钱，有人用嘴巴赚钱，当然还有人卖肉、卖字、卖血，你应该学会用脑子。"

在一张白纸上她刷刷地写下一大段广告词。

"亏你还是中文系的笨蛋，这点脑子都没有。"

我一向知道她的虚假广告的本领。大题目是高考高分秘诀——高校尖子生大揭秘。我只看了下后面的落款：有意者请与某某时间，某某地点与一位上身穿红夹克，下身穿白裤子的女士联系。

忘了说了，杜鲁门现在是比男生还要男生的短发，倍帅！她的装束跟她的人终于合拍了。我不知道她为什么剪掉了头发就像当初不知道她为什么留长头发一样。

我们骑着车子到各处高中的门口散发小广告。我对这种做法深信不疑。

第二天，杜鲁门这个红夹克女士果然等来了二十多个高三学生。我们在租来的房子里面授了一上午。她大言不惭地说了自己的骄人成绩。只有我知道她拼了身家性命复读了一年才考上那个学校。

第三天，她的传奇让小男生小女生们个个张大了嘴巴子瞪大了眼珠子。

"同学们，我再来介绍一下眼前的这个才女。她在高二时候已经有了自己的文集了。如果不是时间关系，她一定会送给同学们作个纪念的。现在让她告诉大家高考语文高分的秘诀吧！"

天！我用上吃奶的力气混上了专科。

一上午的面授高考绝招，揣满了我们的腰包。

下午又有人陆陆续续地来了。我的兜里揣了两千块。

杜鲁门说："是朋友的就全拿着，我是帮忙的。"

她给我上的这节课我依旧学不来。我是死脑筋。

从那之后，杜鲁门就在我面前消失了。

一晃八年。重新走在那条街上。仿佛四郎搀扶妻子过马路的场景依稀就在昨日。杜鲁门也一定赚了大钱了吧！

只希望她一辈子不拣瓶子，不逃离爱她的亲人，不那么聪明，不赚那么多钱，还有，听歌的时候不要流泪。

——选自《翠苑》

寄居地

一个干净而狭长的院子。院子的中央是一条青砖铺就的路,从堂屋的门口一直延伸到院门。路的两边是光滑的泥土,左边是烂漫的花草,右边是青绿的蔬菜。

堂屋的门是绿漆的木门。正对门口的是一套青墨般黑亮的桌椅。那一定是名贵的木头,一种香气扑面而来,是古朴厚重的香气,是门第的香气,泛着古书的味道。

桌子四围镂空的木刻很短暂地吸引了我。我的手指插在几个孔洞里,我飞快地辨认着那些艺术化了的图案。有许多画面我想象不出。

我在小圆桌上吃饭。小圆桌上总是有着很轻松的笑语。所有人都围拢在圆桌旁吃饭。圆桌旁一共七个人。有三个人是我的亲人,另外三个人即将成为我的亲人。我刻意地与另外的这三个人保持了距离。他们跟我不是一个藤上结出的瓜,不是长在一起的橘瓣,如果我是酸的,他们就是甜的,如果我是甜的,他们就是涩的。年长的他,我从没有张开口叫他一声父亲。多年后我梦到他，他拄着我给他买的拐杖远远地向我吐口水。我认为他是应该这样做的，他是我的寄居地的王，而我从没有臣服过他。

他用他温暖干净的大手轻抚我的头顶。他把我看成一个小孩子而我确实是一个年龄很小的孩子。我推开我头顶上的手，推开我的肩头的大手就像推开他的微笑和目光。他不是我的父亲，我总是推开他和他的亲近。

他每天抽一包烟，他的手指没有发黄，牙齿也没有发黄，他的笑容很灿烂。他说许多希奇古怪的世界之谜，说历史上某些名人逸事，他讲各种各样有趣的笑话，我在放声大笑时仍不忘与他保持一些距离。他想缩短一段距离的时候我就会离他更远。

那时候的乡村，夜晚总是停电。抽屉里有许多雪白雪白的蜡烛。那是我们的商店里从没有出售过的蜡烛。商店里只卖泛黄油腻有着很重的煤油味的蜡烛。他放在抽屉里的蜡烛是修长洁净的，是干燥半透明的，它的燃烧都是无声的，像一个安静的少女。我总是把多余的蜡烛拿到学校里去，我送给那些没有蜡烛的人。这不是我的私有财产，那里是我的寄居地，不是我的家。

我还要把母亲蒸的馒头也带到学校里去。而那些人揣在兜里的都是黄澄澄的玉米饼子。我也曾经伴随着这些玉米饼子长大，但我来到我的寄居地之后就不再吃这些黄黄的东西了。我把馒头给他或者她吃，换来的是不住的赞扬。你家的白馍真好吃。你妈的手艺真好。你真大方。母亲蒸的馒头很甜，还有一丝我喜欢的淡淡的酸味。我不是大方，那是我的寄居地，馒头好像是在寄居地里长出来的。

我的卧室是一间小小的书屋。我读过的书都与他们一起分享。当我看见一个男生撕下了我的书皮，另一个男生与他争执直至大打出手的时候我就笑了。有人为我的书打架了，我有很多那样的书，如果喜欢就拿去看，我还有很多呢！

很长一段时间我做着一个普通搬运工的活。我看着那些鬼鬼祟祟的老鼠极为可笑。同样是搬运工，它们却是把外面的东西统统搬到自己的洞里去。我想除了我之外的所有人都是老鼠，他们都是自私的，因为他们都有自己的家，他们要经营他们的家。

我们围拢在圆桌旁吃饭。这样的日子只持续了一年。一年后只有我们六个人。他忽然昏迷在床上，醒来后就只有一半的身体听他自己使唤。我常听人说黄土埋到腰了，那是说人到了中年。我驰骋了我的想象力，一个人若是半身不遂那黄土应该是怎样去埋没他？我变得很轻松和惬意起来，好像心里的一块石头忽然就放下了。一种头顶上的居高临下的优越感正在消失。那种亲切的笑容被我有些恶毒的心事埋没了。我鄙视过我的庆幸，但是没有办法。他以后就一个人坐到高高的椅子上吃饭，他把碗放到那个古色古香的桌子上。

他无奈地拄起了我递给他的龙头拐杖。那是我从泰山上买回来的拐杖。之前他已经摔坏了十几根。他不接受那种很丑陋的东西，他要用自己的双腿走路。但是有一条腿不是他的，那条腿已经被埋进了黄土，一起埋进黄土的还有一只胳膊，一定还有一半的大脑。今后他就会用一半的大脑来考虑问题。他固执地摔破了十几根拐杖依旧不能行走，他不相信就这样被黄土埋掉了另一半，当他接过我的拐杖他知道了他已经无能为力了。他一定在我的眼睛里读到了一年前他的眼睛里的目光。那种垂怜的目光从我的眼睛里返还了他。他一定接受了那种目光才接受了我递过去的拐杖。他不能使唤的一半真的不能使唤了，不能使唤的一部分开始使唤我的母亲。母亲结婚一年就是来听他不能使唤的一部分使唤的。母亲说人的命运都是来使唤人的。人得接受命运的使唤。

之后他的日子就变得短暂起来，短到从屋门直到院门的路途。拐杖敲击着青砖铺就的路，他的脚步变成了三个断续的音符，而我们的脚步都是前后交替的两个音符。他的第三个音符是慢的，长得像久久的叹息，那是被黄土埋没了的一条腿，在空中划着弯曲的弧线。不，那是四个音符，第四个音符是他的那只从空中落下来的脚。

他开始变得爱哭起来。他看电视上的一般的情节都会流泪，之前他总是笑着去评判。他也会一刻不停地注视着我手里的苹果。我才想到他不会用自己的双手去削一只完整的苹果了。他变得很馋，那是一种病人的无缘无故的馋嘴。那削苹果的方法是他教给我的，那是在很久以前。

他传授给我的还有许多地理知识，他教我地理课。他是校长便只教一个班的地理课。四年级时我的地理考到四十多分，那时他还不是我的父亲，他用竹竿敲了我的头顶。那仅仅因为他还不是我的父亲就可以用竹竿敲我，所以作为我的父亲想抚我的头顶时我就推开他了。他病前不能摸到我的头顶，生病后就更不可能摸到我的头顶了。就像我个子小的时候不能让他摸我的头顶，当我渐渐长高时就更不会摸到我的头顶了。

我也终于像他们一样离开我的寄居地。我要到很远的地方去读高中。只要还有钱在我就不用着急在周末回家。

他变成一个若有若无的存在，除了在屋里的异味儿。我想他到底是不是若有若无的，他有没有在我的心里存在过。他确实存在着但是只是好像若有若无的样子。因为我不用刻意去提防什么了，不用去刻意保持什么距离了。他用他剩下的一半大脑记忆着家里的大事。我回来时他就把这些大事一件件倒给我，像装满了故事的魔瓶。他没有被黄土埋掉的大脑竟然有着这样出色的记忆。

他扬起手中的塑料袋，里面还有两颗黑色的蜜枣。母亲说他最终留下两颗是想等我回来。我不吃他的蜜枣，我只看了一眼就当是没看见。听了母亲的话就当是没有听见。我忽略掉那两只蜜枣就是想保护我自己。我只怕我会失去些什么，我到底是怕失去什么呢？多年后我才想到我害怕失去我的感情。我会好好保护我的感情，只有我的感情是我独一无二的财富，我不会把我的财富很轻易地抛给我的寄居地。这是我的寄居地，不是我的家。多年来我一直这样坚持着。

他的头发开始变白，并发症渐渐包围了另一半他没有被黄土埋没的身体。我已经从１２岁走到２０岁，我从寄居地走进大学校园。我回家时会用我的餐卡买许多好吃的美食。他的胃口常常是贪婪的，他的身体已经出现了问题。他会不自觉地将大便留在裤子里。而多年以前他总是把屋子整理的干干净净。扫帚在地上轻轻地划过去，不留下一点烟尘。

夏天的雨水总是伴随着闪电。夏天的雨水也总是说来就来。母亲已经喊过多遍，要下雨了，你赶紧回屋里去！他用洪亮的嗓门跟院门外的邻居聊天。雨真地劈劈啪啪打在地上，落在他的头顶上，他却跑不起来。从院门到屋门的这样短的距离他却跑不起来。他看到路上许多人在雨里奔跑而他却跑不起来。母亲一边埋怨一边把一把伞拿过来。在雨中他依旧奏着他的断断续续的四个音符，只是音符全淹没在大雨中去了。我看见母亲被淋湿了大半个身子。伞停在他的天空，他在天空下停了下来。雨水继续淋到母亲的半个身子，母亲催促他快走，他却站在原地静止了。我拿了另一把伞撑在母亲的天空上，我的天空也剩下了一半。

他站在自己的天空下大笑。没有人明白他为什么大笑。雨不停止，他的笑声也没有停止。夏天的雨说走就走了。他为什么大笑不止，他认为自己很豪放吗？他的豪放有天地开阔吗？

在梦里我坠入了一个深渊。我坠了下去竟然没有呼喊。我没有呼喊也许因为我没有任何恐惧。我回去的时候他变成了一个小小的盒子。他由一个拿着竹竿敲我头顶的威严的人到进入那个小盒子仿佛一瞬间的事情。这一瞬间我来到寄居地又离开寄居地。什么是他的寄居地呢？是一方小小的盒子？而这个盒子也将重归到泥土里去。身体是灵魂的寄居地。小小的盒子是身体的寄居地。我知道了人都是没有家的，家在我们不断行走的路上。仿佛是家的地方都是我们的寄居地。

他拄着拐杖叩击地面，他原本走的很慢，但他的心脏就像夏天的惊雷，轰的一声裹挟着他的生命。他走的竟然跟夏天的雨水一样快。

我没有用相机咔嚓一下记下他的影像。我只能用一支笔代替我多年来的行走。我用一支笔描画一段行走的记忆，这个记忆总是没有声音，就像那个梦境，当我坠入深渊却没有一声呼喊。

——选自《灵渠》

后厨

作品概述

本文以儿童视角讲述了一个相貌美好的男子的感情经历。从美食的角度去诠释了人性中隐秘的部分。语言活泼俏皮，视角独特新颖。作品绝非一句"食色性也"所能概括。

我表哥没什么学问却常常出语惊人，许是从几个后厨女人那里得来的感悟吧！比如他说，最顶端的厨子其实不是男人，而是女人。还比如，吃货才是厨师的神。你喜欢盘里的菜，并不一定要求做菜的厨子长得好看。对厨子来说，吃菜的人长得好看，做起菜来才更有灵感。于是，吃菜的人好看才是做菜的灵魂。要是吃菜的人是一个丑八怪，厨子一定迅猛地放盐，谁让他不好好长？同样是一介武夫，为什么人家眉清目秀，你五大三粗？

那时，大人的话我哪懂？我只知道我是十足的小吃货，跟表哥这个大吃货差不多。先从他的美女厨师——红姐开始吧！

美女厨师——徐红

我说的第一个美女厨师是徐红。时间的齿轮转呀转，转呀转，一直穿越到家家贫困而又嘴馋的年代。那时候她是我的邻居姐姐，我叫她红姐。小时我对她家的葱花特别着迷，只要厨房里飘出葱花味儿，我就可劲地深呼吸，知道她家里炝锅做好吃的了。她炝锅做面糊，香而不腻。下手擀面，面条上飘着绿油油的葱花，再放一片两片菠菜，真是人间美味！酱油瓶里透着香气，把酱油倒在切好的萝卜丝里，拌一拌，就可以与面条一块儿下肚了。

那天我闻到香味，脚不自觉地来到红姐家里。红姐正蹲在地上和面。她把面盆用面蘸得光亮如新，可还是反反复复用极其干净的手揉面。她好像不是在和面而是在玩一种面的游戏。游戏里，她再不是一个普通的村姑，而是一个和面圣手，是女艺人。我听人说会和面的人总能做到三光：面光，盆光，手光。三光虽然照着我的眼睛，可我的眼睛并不会在面盆上停留多久，因为八仙桌子上有一盘菜，那菜竟然是用葱段炒的。我只知道葱花是用来炝锅的，哪见过用葱段来炒菜？况且葱段爆炒的还是鸡蛋呢！那鸡蛋块可得趁热吃。

"你家里有客人来了吧？"她问我。

"嗯"，我说，"我舅舅舅妈和哥哥都来了。"

"你哥哥也来了吗？"

"来了。"

她走到八仙桌前，用筷子夹了一大块鸡蛋塞我嘴里，拉起我的手就往外走。还没走进家门，红姐就告诉我说，你家在炸面鱼。嗯，我已经闻到了炸面鱼的香气。鱼是不常见的，即使有，也不常卖，只有过年的时候有带鱼吃。可是面鱼却很简单。红姐说，只要有面，有油，面糊里裹上腌好的春芽或者萝卜丝、丝瓜什么就可以。若是没有这些，只要切点葱花也能香飘好几家。我来到厨房门口，小手从盘子里捏了一个面鱼。这次妈妈做的面鱼，里面炸的芫荽疙瘩，也就是芫荽根。好像芫荽的所有香气都集中在这疙瘩里。平时看起来傻里傻气的疙瘩，用盐一腌，用面糊一裹，用油一炸，立即发生了翻天覆地的变化。嘻嘻，说芫荽疙瘩，怎么忽然让我想起表哥呢？疙瘩没炸时是表哥，炸出来的疙瘩不能再叫成疙瘩，而是细细长长，就像舞动着水袖的仙女，跟身材修长的红姐一样。我的表哥那时已经快到十八岁，可是一来就闲不住，早就带着邻居几个小子打鸟去了。

表哥的眼睛和眉毛像戏曲中上了浓妆的演员。印象里演员们的眼角都是略微往上吊，眉梢往上挑，唇红齿白，飒爽英姿，十分好看。红姐说过她不喜欢戏曲里的文状元，那些人太文弱，不对胃口。我看表哥正巧就是一个武状元的模板。要脸面有脸面，要肩膀有肩膀，要高高的个头就有高高的个头。最重要的是我表哥性情好，宽厚又不张扬，不往女人堆里扎，好看也不油滑，没有脂粉气。

红姐姐的烹饪也正对表哥的口味。每次表哥来，红姐就来到我家厨房充当后厨。我妈妈说，你俩都十八了，倒真是郎才女貌的一对。红姐的厨艺，大多是从我家厨房学到的，她的第一个老师便是我妈妈。可是我觉得红姐做的比厨师做的还好吃。这肯定与那个没有心肺的表哥有关系。

然而，红姐练就了一身好厨艺却没有做成表哥家的后厨。其实表哥就是一个大孩子，除了一张俊俏的面皮和吃货的嘴，啥也不是。一个好厨子的定义从来都是由吃货来下的。表哥不去厨房下定义，红姐也不去吃货那里作诠释，我妈也从来没有做过月老，最终没有用一条红线将两个俊男靓女牵起来，只便宜了我这个小吃货而已。

自带酒器的厨师——慧敏

时光机疯狂旋转，硬是生猛地将表哥甩到上世纪八十年代的铧村。那是一个刚刚泛起香味的乡村，而我表哥的村子还没有开始摆脱穷根。那穷根扎得深啊，终年吃不到一桌子酒席。好笑，我看见表哥的脸被摔成扁平，鼻子也移到右边。他用他的大手将脸修得棱角分明，又把鼻子从右往左扶正，一个英俊潇洒的后生就整出来了。

他是去慧敏家相亲的。那天，表哥在慧敏家没说几句厨房里就开始滋啦滋啦冒起了烟。女孩慧敏跑进厨房与她娘一起忙活。我猜厨房里一定炒了鸡，蘑菇和鸡肉的味道拼了命地往表哥鼻子里钻。他是美男子，连香味都偏爱他。我虽不在现场，但我猜的估计与表哥猜的是一样的：那厨房的锅里肯定咕嘟咕嘟炖着鱼汤，最后那把芫荽末撒在鱼身上，鱼香里伴着香油，弥漫了整个院子又飘到表哥的鼻孔里，穿过他刚直的鼻梁，刺激着他的味蕾。要是我再继续幻想下去，估计女孩长成猪八戒的样子也要成哩！谁对着一桌子好菜会无动于衷？我认为去相亲的他就是跟着大人去蹭一顿饭。他不知道，如果你喜欢人家女孩就吃顿饭，如果你不愿意，可以礼节性地喝完茶就滚蛋。

表哥在堂屋里的饭桌上，女孩在厨房的灶火前。没有大人提议让他们坐在一起说说话，此时表哥是他们口中的"远房亲戚"（不过是骗他们留下吃饭的借口罢了），是客人，就要上桌子吃饭，女孩是主人家的孩子就该在厨房里做饭和吃饭。我表哥吃得白里透红，准岳母岳父观察得仔细，看了个够。而舅妈吃了她家的酒也越发耳热，越说越近乎。天渐渐黑下来，外面下起大雨。舅妈想着还没仔细看看女孩长什么样子呢，于是叫来女孩一起说说话，拉拉家常。舅妈眼睛老得快，有些眼花，问灯绳在哪里。不知道是谁快速拉亮了电灯。舅妈揉了揉眼睛，灯太亮了，差点一下子晃了舅妈的两个眼珠子。等她放下手来看女孩又停电了。幸好女孩家备了蜡烛，她坐在蜡烛的对面，烛光闪闪烁烁，只看见女孩雪白的一张粉脸和两颊很大很大的酒窝。至此，表哥和舅妈吃了女孩家三顿饭才回家，煮熟的鸭子再也飞不了了。你以为煮熟的鸭子都是说女孩的？表哥一定比我馋，谁叫那个年月都那么穷，经不起人家一桌子饭菜。表哥回来说女孩凹鼻梁，还有驼背。舅妈骂他，不好看你还在那里吃饭？表哥反驳，谁说我要在那里吃饭，不是你要留那里吃饭吗？你要留下来吃饭我还能干瞪着眼看你吃饭？舅妈说那还成了我贪恋人家饭去了，你娘就是这么没见过好饭的人？

这个女孩成了我的表嫂。我却觉得舅妈用三桌子酒席选媳妇，让我那邻居徐红姐姐后悔不已，如果她拉表哥去她家里吃顿饭，像黄蓉一样不要脸面地表达爱慕与嫉妒之情，一定会让他成为自己的郎君。这样，按我的吃货的想法，女人做起饭菜来也有了灵魂。

我对表嫂的两个大酒窝很着迷。表哥哪是娶回家一个女人，而是娶回家两个酒器。白生生的脸上挖出两个金矿来，那要盛多少酒啊！我去他们的婚房里玩儿，发现里面全是红色的。墙上贴着穿红兜兜的娃娃画，床上是红被子红枕套红床单。家具上贴了红喜字。无论结婚多长时间，只要俩人不掰，那红喜字是不会被主动揭下来的。表哥醉了好一阵子。好像是嫂子给他做过一日三餐，他被饭食喂饱了一样，要不就是嫂子给他灌了迷魂汤，下了迷药，对，最好下在鸡汤鱼汤里面，表哥就从"妈宝男"迅速成长为"妻管严"。我很喜欢这个表嫂，因为她的一张白脸和两个大酒窝都是我没有的，只要是我没有的，我就觉得是俊的。她笑起来的时候，酒窝就特别大，特别甜，简直像有一个摁钉把整个腮帮子摁了下去。摁钉摁出来窝窝之后又被拔了出来，拔出来的地方不显山不露水地出现了一个环形的洞。这个洞不深却将表哥陷了进去，拔不出脚了。我猜因为嫂子在厨房里做饭有灵魂，所以一高兴连着生了两个小小美男子。那两个小男娃一个比一个漂亮，皮肤像是都从牛奶里泡过。两个娃娃都有大酒窝，小的更像表哥，酒窝里能盛下二两白酒。为了娘三个的六个大酒窝，表哥收麦子的时候不用回，收玉米的时候也不用回，要不是一年一次走亲戚，过年都不回。不是他不恋家，是嫂子不愿意。表哥赚的钱一分不少给嫂子带回来，让嫂子一百个放心。

大显身手的厨神——姑妈

表哥叫我妈妈姑妈。我虽然还没长大，但心里隐藏着的话又不敢跟他姑妈说，要是表哥在别人家吃了好饭，住到别人家里去怎么办，怎么办呢？我以我小吃货的思路验证了我的猜想。我舅舅没了，舅妈也当不得表哥的家。表嫂只好来找长辈——我妈告状。我那天没心没肺地吃到了嫂子慧敏带来的饼干和高粱饴糖。我吃第一块饼干的时候，我嫂子讲到了表哥与她摊牌。我吃第二块高粱饴的时候，嫂子讲到了她的态度。她为了两个男娃娃也不要跟表哥散伙。等我吃到第三块饼干，我的表嫂已经哭起来了。

不只是我表嫂，我的舅妈在表嫂走后也来了。她买来了好吃的口酥。那口酥入口即化，又好闻又好吃。我继续品尝这难得的美味，在馒头都做不了主食的时代，能吃到口酥那得有多大的口福？我舅妈开始数落表哥，这个不通事儿的，这里有俩儿子，那边也有俩儿子，这里是亲生的儿子，那里是人家的儿子，哪个亲，哪个远，也不知道他脑袋是不是被驴踢了怎么着。

我不知道我妈妈有什么本事能把他们拆散，让我表哥回心转意，我只知道妈妈会做好吃的面条面叶和饺子。无论她们谁来，妈妈都改善伙食，我得感谢我表哥做了一件这样的事，什么事？用脚趾头想想就是在人家里吃好饭又被留宿了呗！被人留宿是多么好的一件事情！成全了我的口福，展示我妈的厨艺。最要紧的是，我舅妈和我表嫂婆媳空前团结起来。我舅妈说只认这个儿媳妇，不认外面那一个，只认这两个孙子，不认外面那两个。

我完整地听见过我表哥跟我妈打电话。

"姑，两边我都不想放弃，两边也都不耽误。"这是我表哥的声音。我知道我表哥要享齐人之福。

"姑，我会对他好的，您就成全了我们吧！"电话里又换了那个女厨子的声音。

"姑，我们觉得你是知识女性，一定会理解我们的爱情，支持我们的。"

然后我妈妈便啪地挂了电话。再后来我妈妈就永不接那个女人的电话了。这段时间，我妈在接待娘家人和处理侄子出轨方面练就了精湛的厨艺。嘻嘻，更多的便宜了我这个小吃货。感谢表哥，感谢他外面的女厨师。

葫芦女厨师——小爱

在时光机将表哥摔到小爱身边之前，小爱是一个备受丈夫欺凌的白娘子。她喜欢穿着好看的羽绒服，脚下是小皮靴。羽绒服是白色的，脸也很白，只是缺少了表哥家里老婆的大酒窝而已。

表哥被时光机摔得七零八落。他像组合玩偶一样把自己的胳膊腿和头组在一起，在外打工的他重新成为一个光洁的面孔。

此时的他被放在一个小酒馆，对面的朋友是小爱的哥哥。以我的想象力，俩人可能就是吃一口肉，喝一口酒，再吃一口肉，再喝一口酒，最后剩下的全是一粒一粒花生米。花生米的粒数越多，俩人的话越稠。

"哥啊，别人都回家收秋收麦，你咋不回，是不是没有老婆孩子，要不就是老婆不好，不愿意回？"

"不让回去呢，要在这里赚钱，多赚钱才能让两个男娃娃将来娶上媳妇。"我表哥老实本分，从不对人撒谎，包括外人。

晚上表哥来小爱哥哥的家里喝酒。他家厨房里的烟囱开始冒烟，锅里的油也滋啦滋啦响，一下子像回到了家。怎么家里就这么暖和呢？这么舒服？碗里有热乎乎的饭，桌上有香喷喷的菜，床上有呼吸均匀，温暖柔软的肉体。他一年到头像个拉磨的驴一样蒙着眼睛干活，也真是苦啊！老实人表哥，嫂子不让回就不回，心里想回也不敢回。嫂子过日子过得疯癫，差点把男人给过没了。嫂子就是在这一晚把表哥过没的。

为什么梁山好汉的故事里常常出现蒙汗药？为什么这蒙汗药大都使在酒肉里？因为到处都是吃货呗！他们越喝越热，越喝越困，越喝越馋。旁边伺候喝酒的是小爱。迷迷糊糊间，这个妹妹就好像在哪里见过似的。没有驼背，也没有凹鼻梁。表哥人生中第二次吃了女孩家的饭，自己的魂就被人家妹妹抓走了。大凡是厉害的女人都烧了一手好菜，就像黄蓉。一天三顿吃饭，哪能少了一个好厨子？食色性也，食总在前，色在其后。只有在厨房里抓住了魂魄，才能把他收在自己的葫芦里。那个妹妹把表哥当成了酱香型白酒，品完后盖上了葫芦的盖子就把表哥收了。从此以后表哥做了皇帝，有了第二行宫。

被收在葫芦里的表哥即使变成酱香型白酒也要飘到表嫂那让她闻上一口。虽然他身体在葫芦里，毕竟还有一口真气在老婆孩子那里的。最终，我们在那里打工的亲戚合力拆散表哥和小爱。他们说，男人好吃一世穷，女人好吃裤带松。我也疑惑，表哥和那个女人是因为好吃吗？在行动上，表哥的工资，他一分钱也不能落到那个妹妹那里。钱取出来之后，由老板亲戚直接打给表嫂。妹妹虽然得到了表哥的人，但是得不到他的钱，虽然好这口酱香型白酒，没有酒肴也少了韵味。但是妹妹不管，哪怕他一分钱没有，她养着他呢，她也要他。以我的理解，如果厨房里的厨子做了菜没人吃，她就失去了作为厨子的价值。到底还是吃菜的人成就了厨子，吃菜的人扛下了厨子的所有。哪怕吃菜的人什么也不干只是坐在那里吃饭，那也是需要一个人不是？表哥就是那个干饭人。小爱的前夫喜欢喝酒和打女人。相比之下，妹妹什么都不要，不要结婚，不要钱，也要让表哥去她那里吃饭和睡觉。世上竟然有此等好事情，因为长了一张好脸就有了长期饭票。我表哥真是被别人艳羡死了。他们站在高处，每人伸出一个手指写着不公平。为什么自己在外没有一个长期饭票？作为酱香型白酒的表哥很孤独。除了那个妹妹，他没有了亲戚朋友，没有了老婆孩子。孩子花着他的钱又不让他回家，不让他回家又不让他跟妈妈离婚。要是离婚，儿子等着他的只有一把水果刀，不，两把水果刀。

时光机轻轻把我放在高中。我那时需要坐车到另一个镇上读书。我和我的同学一上车，有个熟悉的声音就叫了我，我一回头，那不是表哥吗？他一个人坐车出去打工，那肯定是从家里出去了。我也不知道小爱那个葫芦厨师最后怎么把葫芦打开让表哥飘走的。表哥近四十岁了吧，头发向后梳成周润发那样的发型。看上去他比周润发要挺拔，因为那时的周润发已经有了颓唐的老态。他穿着花格泥子上衣，眼睛里依然有着十八岁少年的纯真。我远远地叫了一声哥。他说票已经替我买了，连同我同学的。我的同学，那个女生眼睛冒光，那一段青春期正犯花痴，就像我小时候看到什么都想成美食一样。同学问我，那真是你哥吗？他长得好帅。我说他四十岁了。女同学不相信，说顶多二十多岁的样子，不能超过三十岁，没有谢顶的迹象，他真好看，像个明星。我说是的，他一直是个美男子。尽管他出过轨，在我心里，他一直是一个纯情少年。

从那以后，听说表哥出国打工，一直还没回来。他在打工的路上越走越远，时光机也懒得去找他，反正他的钱很稳定，源源不断揣进老婆的衣兜。表哥说过顶级的厨师都是女人，女人是厨师，男人是吃客。厨师和吃客相互成就，少一个都不行。只是我这乌鸦嘴，总想问他外面的饭好吃不好吃，外国的饭呢，谁吃过呢？

行走的麦子

麦子！我听见一声叫喊就醒来了。

我姓麦，叫麦子。六岁开始我就给自己改了名字。为什么？因为我喜欢麦子。麦子可以磨白面，可以蒸白馍，可以烙葱花饼。没人知道我的名字，只有在梦里偶尔有人喊我麦子。

我不喜欢玉米饼子和窝头。我若要糖吃就有人说把我送给卖糖的家伙。我若嚷着穿新衣裳，他们会说把我卖给做衣服的裁缝。我只喜欢麦子，我只有偷偷给自己改了名字。

我那时就是一根瘦弱而充满灵性的麦子。我比麦子多了两个手脚，我是一根不断行走的麦子。我看见姨妈把两穗麦子放在宽大的手掌里搓。麦芒变软，麦子变硬。她摊开手掌一吹，掌中是晶莹饱满的麦粒。她把麦子捂到我的嘴里，甜甜的麦香就涌入了嘴角。我口中的那些麦子是绿的，磨成面的麦子是黄的。我又改了名字，我叫麦子青或者麦子黄。无论什么时候的麦子我都喜欢。

姨妈带来的白馍，我只在吃第一个之前放在鼻子上吸了一下，很快我就吃下了两个白馍。吃到第三个的时候我觉得我的肚子里尚有空隙。吃到第四个的时候我觉得我简直就是英雄。吃完四个白馍，我的嘴里依旧是香甜的。妈妈说六岁的孩子吃掉四个馒头一定会撑破肚皮。姨妈说没关系，这孩子看来是馅大皮薄。我说馅大皮薄那是饺子，我还喜欢吃饺子。

我还在二奶奶家吃到了特别甜的黑饼。我问这是用什么做的，我也让妈妈为我做去！二奶奶就笑了，是麦子，没有脱皮的麦子。我问她还放了些什么，为什么这样甜和绵软。她没告诉我却一个劲地笑。她说孩子你就放开肚量吃吧！后来因为这黑饼我每天都到她家里去，但是她好像再也没做过那样好吃的饼。有一段时间我给自己改名叫麦子黑。

在柏油路上晒麦子。我希望看见戴着雪白的遮阳帽，驮着白色雪糕箱的姑娘。这个时候我可以没有钱但也能够吃上一块甜蜜的雪糕。她总说我的手太小太小，一捧两捧三捧才能换一块雪糕。我还悄悄用麦子换过甜杏，换过一个小西瓜。麦子，我是多么的喜欢麦子。只要大人不在家，我可以用麦子换各种各样好吃的东西。

可是为数不多的麦子总要作为公粮交到镇上去。剩下的麦子就不多了。每天都要吃黄黄的玉米饼子。我只在中午的时候吃一顿面条，其余的时候小肚子都是瘪瘪的。

三儿说他可以有一个办法天天都能吃到白馍。他说可以把爷爷奶奶卖掉换麦子，再用麦子换油条，包子和白馍。既然有卖小孩子的也一定有卖爷爷奶奶的。他说他有一个条件，长大后一定让我和他结婚。我毫不犹豫地答应了他。

我比三儿大一岁。我知道去镇上赶集的路，但是我们好像总也找不到地方。我说到了，这就到了，再走一会就到集市了。可是中午饭的时间到了，我们还没有走到镇上。

后来我们来到集市上就再也走不动了。我们蹲在卖油条的大叔那里看他筐里的油条。大叔问你们是哪里来的。我对三儿说不要告诉他。他分给我们每人一圈油条。他说现在可以告诉我了吧！我和三儿一起摇头。我们三口两口就吞了下去。之后我们继续蹲在那里看他的油条。他后来又分给我们每人一圈油条。

三儿的爸爸急慌慌地找来了。他说家里把天都翻过来了，怎么都找不到两个小家伙。他还给我们每人买了一块雪糕，又买了对面大叔的油条。大叔说不用谢我，你这一对儿女多好，千万别给弄丢了。

我和三儿一前一后都给带回来了。我已经六岁了，我说我不会迷路。三儿的妈妈说倒是不担心你迷路就是担心你把三儿换了甜杏。原来有那么多人知道我用麦子换甜杏的事情。那是唯一的一次只用行走就能换来的美食。

父亲去世了，父亲的老舅也早就过世了，但是父亲的老舅妈还健在。父亲的老舅妈，我也叫她老舅妈。我们带着满满的一篮子白馍去走亲戚。按照风俗礼节，她要给我们留一半压篮子回来。那个阴暗潮湿的小房子里有着一闪一闪的亮光，那是老舅妈在抽烟斗。她说自己是老不死的。她说不上几句就咳嗽一大阵子。她还说我们走的时候给装上一些核桃。

她把本该压篮子的白馍全换成了核桃。我对核桃充满了极大的好奇。她一定到死也不知道她如何伤透了一个孩子的心。我用石头砸核桃，用锤子砸核桃，用门挤核桃。核桃里全是黑乎乎的虫子的尸体和虫子的粪便。当我把最后一个核桃敲开的时候，我坐在地上哇地哭了起来。那个老不死的老舅妈一定不知道我哭的有多伤心。看着满地核桃的黑脑壳，我第一次知道了什么是失落。

我还是喜欢我的麦子。因为麦子一眼就让人看穿了。但我不能够一眼看穿那些核桃。不能看穿送核桃的人。

长大后我不再是一根充满灵性的麦子。我对麦子失去了欲望。我每天都要敲碎一些核桃来填充我的胃。中医认为每天吃掉几个核桃就能打开人的胃口。每天不敲碎它们我就心神不安，难以成眠。而每次敲核桃之前我都会想到我六岁那年一堆核桃的黑脑壳。

现在我只是一根会行走的麦子。我从乡村走进城市，又从城市回到乡村。乡村越来越像城市，城市马上就要包围乡村。去看麦子，要骑车到住宅区的几里之外。很久没有见到这样齐扎扎的麦子了。麦子，我不能将你含在口中了，你的身上有重重的农药。

麦子，当我读到海子的诗歌我又想起了你。"麦地，别人看见你，觉得你温暖美丽。我则站在你痛苦质问的中心，被你灼伤。我站在太阳痛苦的芒上。麦地，神秘的质问者啊！当我痛苦地站在你面前，你不能说我一无所有，你不能说我两手空空。"麦子，当我再次想起你，你了解我的泪水吗？

我还能吃下四个馒头吗？我现在只能吃掉半个馒头。许多时候，我身体里的声音质问我：你带来的什么美食？统统拿走，给我食欲吧！我也不知道，那些最甜蜜最原始的欲望哪里去了。一根屠弱的麦子在寻找。

——选自《岁月》

我不重要

　　一九八一年，五月。麦子金黄，香气在风中翻滚。父亲蹬着自行车从矿上回村。中午，太阳照着他的手表明亮亮的，有些晃眼。他定了定神，四十岁了，这条回家的路大约七十里，他一直骑自行车来回，从没觉得累过。当兵出身的人，觉得自己的身子是铁打的，累点，乏点，抽一袋烟，喝几口酒就啥都没了。

　　明天他要出发去兖州三天，大概是学习哪一位先进人物，听说是煤矿上的先进典型。曾是通讯兵的他，到了矿上，也曾经报道过很多小人物，有清洁工、锅炉工，更多的是煤炭工人。他的一支笔给他们纷纷带来了荣誉，也给我们并不富裕的家带回不菲的稿费。

　　父亲紧蹬车轮，盼望着快快到家，想着到家后往床上一躺，等着妻子叫他起来吃饭，要多惬意有多惬意。晌午头，父亲推着车子疲惫地进了家门。跟往常一样，他把黑皮包从自行车车把上提下来，往桌子上一放，我像个灵敏的猴儿爬上椅子去拿桌上的皮包。我好奇皮包里有什么好吃的，扒开一看，果真有饼干，有糖果，偶尔还有几个红艳艳的苹果。苹果泛着香味儿，不等我啃，姐姐会按下苹果不让吃。妈妈说，把苹果放到柜子里熏衣服，穿上衣服都是香的。

父亲的眼里闪着褪不去的光芒，他看着两个大女儿和一个小女儿在那里讨论苹果的去处，耳边传来妻子在院子里噶噶磨镰的声音。母亲说，你回来了，下午正好去割麦。你要是不回来，我真愁一个人弄不完呢！

父亲说，必须干完，晚上晚点也得把麦子收回家，明天我就出发了，三天后回来。我明天从矿上走，直接坐车。

父亲的脸不像是拿笔杆搞宣传的文秘，白个生生的。他农民出身，又当了几年兵，黑里透着瓷实的光泽，地里的活都轻车熟路。镰刀在空中划着一道道弧线，父亲和母亲顾不得多说，像是跟时间在赛跑。母亲是个很丰满的女人，她俯下身子，一手挥镰，一手按麦，麦穗在她胸前碰撞着臣服到地里。父亲慢慢落到母亲后面，看着母亲的背影，忽然想起当兵时的女孩Y。Y长得水嫩，与妻子截然不同。Y的脸很甜美，那种甜美是用牛奶和饼干泡大的甜美，Y的父亲是部队的高级官员。父亲想，我能让Y跟着我，回到我落后的家乡，贫穷的家吗？还是我要留下来，做她家的上门姑爷？Y什么都不愿意去想，只想着嫁给他，嫁给这个憨厚朴实又聪明能干的小伙子。父亲的文笔很好，被提拔到军事博物馆搞宣传展览工作，一待就是六年。在北京时，女孩一直写信给父亲，父亲从来不赴单独的约会。父亲越是回避，女孩越是热烈，她的信像一封封滚烫的火苗，灼烧着他。

回乡探亲时，父亲遇见了在扫盲班上课的母亲。母亲穿着布鞋，怀抱着书，胸前戴着纪念章，并不窈窕的身影在教室外一晃，一幅青春的剪影定格在父亲的眼里。那一刻，父亲决定转业，然后娶我的母亲。Y

女孩像刚刚拔节的麦苗，有着青草一样的气息，而我的母亲身上散发的是成熟的麦子带来的馨香。

女孩的信照旧寄到父亲手里，一直到我母亲抱着第二个孩子谈论回信的问题。母亲说，你怎么不回人家，跟人说你已经结婚了，有孩子了。父亲说，我从一开始就没有回过，难道结婚了，有孩子了又开始给她回信吗？

继续割麦。父亲也不知道自己为什么会想起她，自从第三个孩子出生，已经没有她的信了。她一定是就此死心，且已经结婚了。上午他从矿医院做了个检查，医生说心脏不行，非常非常不好，应该立即办理住院，尤其不可劳累。父亲觉得医生说得对，但得三天后出发回来再做具体的检查。

一直到晚上八九点，麦子全然进家。父亲和母亲都已经累得瘫坐在椅子上，但孩子们的饭还是要做的，猪也得喂。父亲从没这样累过，就是一直觉得累啊，累啊，既不想说话，也不想吃饭，只想安静地躺下，安然躺下。

卧室床头的桌子上摆着几本《诗刊》和《红旗》。若是以前，父亲定是顺手拿起一本翻阅，现在他颓然躺在床上，迷迷糊糊睡着了。四点钟，鸡叫了。父亲觉得心口很闷，披衣到院子里抽了一袋烟。烟是提神的，烟治百病，他常常这样想。母亲也醒了，她穿好衣服要去做饭。一大早，父亲还要骑车到老远的单位上班，然后坐车去兖州出发。父亲说你再去睡吧，你做了我也吃不下。年轻的母亲，当时三十五岁的母亲，有了三个孩子，在父亲的眼里还是个大孩子。我也醒了，看卧室里没有了大人，衣服也不穿便跑到院子里。父亲刚刚抽过的烟味还在。他拿起黑皮包，我飞快地跑到自行车前面去，我张开双臂不让他走，他每走一次我都是这样的，挡住他，仿佛不挡住他就要立即失去他的样子。只是这次我执拗地哭个没完。

父亲说我走了，便跨上车子，消失在黑夜里。天渐渐亮了，太阳升起来。很多陌生人看见父亲躺在路上，身体已经凉了。他躺下的那个地方临近火葬场，父亲生前说过，每个人最终都会钻进炉子重新冶炼，最后化为一缕青烟。他的话像一句谶语，他也像一阵风在自然界里消失了。

医生后悔没有挽留他，如果立即住院，他不会走得那么早。母亲后悔她如果坚持一下为他做早饭，让他吃了饭再走，他也许不会猝死在路上。最躺枪的是那个叫兖州的城市，不知道有一个小女孩从小就憎恨那个城市。如果没有那个城市，如果没有他对那个出发城市的惦记，她也许不会失去他的父亲。

父亲终于用他的离开阐释了他的人生信条——我不重要。

——选自《散文选刊原创版》

母亲在沟渠里拔草

我的两臂并不结实。土生土长的我并不是一根结实的庄稼。那个终年劳作的背影都是母亲的。

那是一个酷热的中午，草几乎要攀到玉米的肩头，水沟里密密麻麻排满了饥饿的草。

草还要喝水。我常常听到它们咕咚咕咚痛饮的声音。电闸一开，水像雪一样白。它们神奇地在地底下喷出，跑到沟渠里，藏在每一根庄稼的脚踝里。

沟渠里的草都是劫匪。草是坚硬的，在白水的洗涤下更是挺直了腰杆，就连它们的叶子也啪啪地拍打着水花。草是贪婪的，水若经过，它必要喝个饱。它还用它多情的手抚弄清凉的水波，水的脚步就慢下来了。

母亲的汗水浸湿了一根根草叶。草是贪婪的。

母亲说我们在浇地之前要把这长长的沟渠清理干净。她低着头，她的手臂在草里穿梭。她的手停留的地方，强壮的草纷纷倒下。我看着躺在地下的草，我听见它们在烈日下痛苦的叫喊。

我也在烈日下叫喊：热啊！渴啊！累啊！妈呀！

母亲固执地在沟渠里拔草，用她那年轻有力的双手，晃动她结实而强壮的臂膀。

我说这样能省下几个钱呢？能少用几度电呢？我们为什么这么辛苦？为什么我们要在沟渠里拔草？别人为什么不？我们为什么穷？

母亲不说话。她只是蹲在沟渠里拔草。她以下蹲的方式在沟渠里行走。沟渠太漫长了。

我跟着母亲拔草。我拔的是她落在后面的小草。我跟在她后面就像一个逗号，拖着长长的尾巴。

母亲不说话，她蹲在沟渠里拔草。她不看前方也不看后方，她只拔她眼前的倔强的草，似乎早已经忘记她身后的一个存在。而她的身影却总在我的眼前晃动。母亲蹲下来拔草的身影晃来晃去，渐渐地，她的背影就老了。

现在她一蹲下来就头晕目眩。她的眼睛也渐渐地不好用了。越是蹲下来越是看不仔细。

而那个灼热的中午，母亲一直蹲在沟渠里拔草。她不曾坐下来吹吹风，喝口水，不曾问她身后的逗号，累不累？渴不渴？

我饿了。像草一样饥饿。我生气了，我说我不要在太阳底下干活。我一定要走出庄稼地，我一定不要被这些土坷垃埋掉！

那个灼热的午后，高烧和头痛让我失去了辨认母亲的能力。母亲摇晃着我的头问我她是谁。我说你是一棵草，一棵大草，我拔不动，我拔那些小草。她不明白为什么劳动可以使一个人生病。而她劳动过后总是吃得香甜睡得安稳。

若干年后，当我坐在钢筋水泥墙内思考人生的意义时，一个农夫在一粒丰腴的种子里就得到了充实。远处，一个穿火红上衣的农妇在敲着锣鼓吆喝。她从菜地的这头走到那头。稻草人已经不能吓走贪嘴的鸟雀。塑料薄膜底下的嫩芽刚刚探出娇嫩的头。农妇来来回回地吆喝就像唱一首百听不厌的歌谣。她行走的姿势多么像最原始的农耕的舞蹈啊。

　　——选自《金陵晚报》

给我一个天堂

　　我是在大伯的背上长大的。

　　大伯有点傻，整天笑呵呵的，村里人叫他"老八路"。他没当过兵，但每年都去应征。这是村里为顶名额才请他去的。当年大伯骑着大马，戴着大红花去应征，去了之后，人家一看是个傻子就又给撵了回来。每年如是，大伯也就成了人们的笑料。"老八路"的称号更叫得响了。

　　奶奶死后，大伯跟了我家。他不会做活，村里就让他当了护林员。他于是就整天背着我在山坡里行走。有一次，一辆轿车撞倒了路旁的一棵小树。大伯就站在了车前。"要赔！要赔！"车主只好将车开进了村委。车里坐着的是一个大人物。那一年，家里的土墙上第一次挂上了一张"优秀护林员"的奖状。

　　更多的时候他牵着我的手在大街上闲逛。有时他也把我背起来，抱起来或者用一只胳膊把我夹在一侧。他给我捋榆钱，摘槐花，打红枣。他在祭祀的桌子上以最快的速度拿一块小点心。一只比他更快的手啪地敲一下他的手臂，但还是晚了，他已经牢牢地捏在手里又准确无误地放在身边那个小孩子嘴里。像这种偷拿丧事祭桌子上的供品的事情他常常做，因为据说吃了可以长寿。小孩的岁月还长，倒是大人们应该多吃。他从来不吃也许不希望自己活得更长一些。

大伯的爱好就是去听书。去的多了，说书人也常拿他开玩笑。大伯就傻傻地笑笑，然后露出一口黄牙。我在大伯的背上不停地说话，说书人就指着我："小孩别说话，待会儿我给你一块糖……糖……糖……糖鸡屎。"所有的人都在笑。我还小，不知道在笑谁。大伯也在笑，他已经习惯了别人对他的嘲笑。说书人的嘴刁，现在想来，如果我稍大一点，就会伶牙俐齿，绝不会让大伯受人欺负。

大伯听书的最大收获就是给孩子们讲故事。每天晚饭后就有一群孩子围住他。大伯没上过学，但他有编故事的天赋。或许他将七侠五义套进了梁山泊，也许将封神榜搬进了水浒传。哪个孩子去计较呢？大人们累了一天都不愿搭理小孩子。

我当然是故事的最大受益者了，每个故事我都记得清清楚楚。大伯讲故事很随意，所以我总是去纠正他。"错了错了，上次你不是说林冲是被宋江杀害的吗？这次怎么被秦桧杀了？""宋江就宋江，我闺女啥都知道。"有时我也想着，大伯的故事是不是给了我最早的文学启蒙呢？

长大以后我读了好多书，知道了大伯的故事都是荒诞不经的。可是，有些故事是永远超越了时代的。因为不管哪个情节，主人公只有一个，那就是善良；不管哪一个结尾，道理都是一样的，那就是善良的人一定有所回报。这就是我傻子大伯编的所有故事的主题。我很庆幸在故事中长大了。

一个能将道听途说的事情放在锅里炒来炒去炒成新故事的人智商

会有多低呢？他被人叫成傻子。我一直以来就在质疑一个人的智商与傻子的界限。一个人的智商多低才能称为一个傻子呢？他只会揍那个把青虫子放在我腿上吓我的坏小子，只会在大雨里弓着腰抱着我奔跑，只会倚在电线杆子边给我讲他瞎编的故事。他翻炒故事的本事其实跟炒菜做饭是一样的，但他不会为自己做饭。他带着他的那只灰白的瓷碗在两个兄弟家里轮流吃饭。他上不得堂屋，他只在厨房里的锅沿边吸溜他的粥。

　　父亲去世后，大伯又跟了二伯家。他们从不在一张桌子吃饭。大伯总是坐在灶前喝粥，二娘每盛一次饭都要指着大伯的眉头骂："吃，吃，你就知道吃，吃饭的布袋，造粪的机器。"这是我听到的最恶毒的语言。那一天，大伯饿着肚子跑回了我家。当时只有我在家。我给大伯做了棒子面粥和饼子。盛出来的时候，饼子都化在锅里不见了。第一次看见大伯哭，我被吓得跑到姥姥家里。当我们回来时，大伯做了他一生最大的决定——他离家出走了，他拿着他的破瓷碗出走了。他实在是什么都不会做，他的那只碗也不过是讨饭的家当。但是傻子还有傻子的自尊。

　　一个月后，大伯被他的亲兄弟二伯找了回来。他被找回来时那只完好的碗已经摔破了。谁见过一个乞丐拿着一只完整的碗呢？大伯就躺在了床上。临死的人是不会让小孩子见到的，可是他一定让我单独进去。在破席的底下，我看到了一张一张的零钱。一角，两角，一分，两分。大人们听到了我的哭声就进来了。他们很麻利地给他穿好衣服。他就这样在我上小学之前离开了。他是我的傻大伯，一个把我从小看大的人。一个人的死竟然什么都不会留下，哪怕是一只破旧的灰瓷碗呢？

　　我于是想起了那个柜台。大伯将一分钱的硬币推过去，售货员再把这一分钱滚过来。大伯要用一分钱给他侄女买一块糖，售货员就是不卖。最后，大伯的耐心还是让她退却了。大伯的钱旧了，黄了，他留着给我买糖吃的吧？

我忘不了他的灰瓷碗。那时，我常常把小小的铁皮花碗往锅台上一放，说，给我盛饭！

他颠起勺子又放下，放下又颠起来。我说太多了，太多了。我把碗里的粥一口饮尽又放回在锅台上说，给我盛饭！这样简单乏味的游戏厌倦了之后，我把嘴凑到他的碗沿儿说，我要喝你碗里的！他受惊一样地往后撤退，说着不行不行的话。他的最后那个字让一个幼稚的心开始了极为深沉的思考。他说，脏！他每天都把自己的碗洗得干干净净后倒扣在锅沿上。碗口有一圈蓝色的花纹，其余的地方全是灰白且有黑色的斑点。那是一个极为粗糙的碗，也是他的全部家当，怎么会脏呢？

傻子会有多脏，难道连一个灰瓷碗也不能够洗干净吗？他的"脏"源自他的一个秘密。即使在夏天，他也要把上衣的扣子系得严严实实。他把自己的秘密包裹在破旧的上衣里。那个秘密是生来就有的，那里有一块看起来血肉模糊极其恐怖的皮肤。村人很少见这个东西，就叫他胸前的那团火为"透心癣"。

我后来查了许多医学上的资料，各种皮肤病的症状都没有他胸前的那种情状。那大概是他出生前上帝给他做的一个记号，凡是拥有这个记号的人都被叫做傻子吧。

我从来不觉得他是个傻子，他只是因为被嫌弃的时间长了，就很少再与成人交往。他的交际圈儿，全是孩子。他每天像轰小鸟一样轰走身边托着腮帮子听故事的孩子们。而当孩子被轰走时，他们也不忘叫着傻子大伯的绰号。

多年以后，我遇见一个许久未见的乡亲。相互认出以后，她给我讲了傻大伯用地排车拉我们姊妹三人去送父亲最后一程的情景。我们那么小，拉车的人那么傻，长眠的人又是那样安静。

　　——选自《散文选刊原创版》

开夜车的人

　　最近，你每天都会被窗外拉材料的车惊醒。每天，都是五点半的时间。后来，没到五点半，你就已经醒了。生物钟从此定在五点半。你躺在床上，再也睡不着，便想着各种各样的事情。比如，开车的是什么样的人，为什么总是晚上行车，早上到达？而我们，都是晚上结束，早晨开始？开夜车的人，总是逆时间行驶，而你一直在顺时间而行。你没有脱离正常人的轨道，你一直以来就是一个规规矩矩的时间的奴仆和生活的奴仆。

　　开夜车的人，他的面容是什么样的，他来自哪里，去过什么地方？他的眼神是不是也会受到金钱和魔鬼的驱使？他的肩上，是不是还挂着女人下巴上的余温？开夜车的人，在无人驾驶的黑夜，是不是做一个暖和的梦，梦里有没有常常被他惊醒的人？开夜车的人，他制造的声音在存储，也被浸润。

　　雨天的早晨，你终于听不见车的嘈杂了。你照样醒来，想着开车的人，终于可以睡一个安稳的觉，可以拥着妻子，抱着孩子，享受夜的宁静。你早早地起来上网。那些网上开夜车的人都已经沉睡，你上来收拾残局，打扫卫生。你在一个网上的论坛里做版主，偶尔说说话，聊以打发闲散的时光。哪些人说了哪些过激的话，哪些人把内心的潮水倾涌而出，谁背叛了谁，这些早已经看惯。你知道，恋恋红尘，只有触手可及的幸福与安乐是属于你的。

你把写字的人也当作开夜车的人。白天是那样明亮和混乱，只有在夜晚，在昏暗的光线和宁静的夜色里，才可以摸到自己的一颗心。你才可以感受到，这颗心有没有潮湿，是不是柔软，是不是已经被白天的阳光晒成石头？

很多年前，你曾经问过一个同样是写作的瘦弱的朋友，为什么，这么瘦？他说，睡得晚，开夜车啊！多年不见，你已经想象不出他的面容。开夜车的人，是不是都很瘦弱？你猜想的上帝，应该是个开夜车的人，不仅仅开夜车，他还时时陪在人的左右。什么时候，你想去什么地方，神都会让你到达。你与神很近，但距离他却愈加遥远。你很想告诉他，有时候，他就是你的神。你其实很想让他，成为你的神。

你也很想让一个开夜车的人与另一个人在暗夜里相遇。至少在没有月亮的夜里，他们可以轻轻地打一声招呼：嗨！朋友！走好啊！

有月亮的夜晚，月亮，便是开夜车的人。当月儿渐圆，当中秋将至，你希望所有的一切都能圆满，连自己的一颗心，都是满的。

我本是卧龙岗散淡的人

　　叔是个京戏迷，最着迷的是京戏《空城计》。

　　叔做了一辈子脚夫，听了一辈子毛驴的"恩啊恩啊"，而那头老毛驴听了叔一辈子的京戏。除了那头驴之外，有幸听到京戏的还有我们几个孩子们。

　　往往是在大年初二，叔的毛驴车上早早挤满了走亲戚的孩子。我家三个，叔家三个。我们的姥姥家在同一个村子。

　　叔将驴套上车时总是慢慢腾腾，有时还要跟驴耳语几句。说的什么我们可不知道，我们只是一个劲地催促，走吧，走吧，叔！

　　叔坐在最前面，没等毛驴"恩啊"一声，京戏就开场了："我本是卧龙岗散漫的人，评阴阳如反掌保定乾坤……"

　　"恩啊～恩啊～"毛驴的叫声打断了有滋有味的京剧。

　　"这头犟驴！"叔一鞭子抽了过去！毛驴受了一鞭后叫得更响了，跑得也快了。我们坐在一颤一颤的毛驴车里，别提多得意了！

京戏被打断了，叔就给我们说故事。

"我赶着毛驴车回家，忽然间困了。心想，这头驴也认得路，干脆眯一会吧！等我再醒来时，可不得了！两个人正想抬我进去那！去哪？到了火葬场还能抬到哪里去？你问我怎么来到火葬场了？还不是我那头该死的老公驴。我睡着之后，迎面走来另一辆驴车。拉车的是一头母驴，两头驴叫什么来着？对，一见钟情。那辆车上拉着一死人，正往火葬场赶呢！咱家这头好色的驴就跟来了。工作人员抬完前面那位就来抬我，亏得我及时醒了，要不你们还能听我在这里跟你们乐呵？不信？不信你问问咱家这头老公驴！"

"恩啊～恩啊～"毛驴又打断我们的欢笑。

"犟驴"！叔又给了它一鞭。毛驴好像对叔杜撰的故事不满意，时不时地出来打岔。

"官封到武乡侯，执掌帅印，东西战南北剿博古通今……"叔讲完故事接着唱。

"爹，看，是不是兔子？"小哥耐不住车上的单调，跳下毛驴车就冲向麦地追兔子了。我家的黑狗紧紧跟在车后。看小哥跑了也跟上去追兔子了！

"兔崽子给我回来！"叔边骂边把车停下来，一直等到小哥和狗跑回来为止。叔狠狠地往小哥的屁股就是一脚，小哥躲闪时不知怎么碰到了车上的大公鸡，绑着公鸡的绳子开了！公鸡跳下车就跑，这可不得了了。两个大人六个孩子外加一条狗组成一个大大的包围圈，这个圈子在不断地缩小，最后，大公鸡也就不再做无谓的挣扎了！毛驴静静地看着我们的表演，它在笑："恩啊～恩啊～"

终于重新上路了，叔可以接着唱京戏了。"我正在城楼观山景，耳听得城外乱纷纷，旌旗招展空翻影，却原来是司马发来的兵……"还没再唱上几句，村子就到了。

来到姥姥家里，总感觉姥姥不是很疼我们。

姥姥是大脚女人，一辈子肩挑重担，一个人将五个儿女养大。姥姥跟她的五个儿女在屋里说话，时不时出来监督孙子孙女外孙们干活，并说是替我们父母管教孩子，要从小学会劳动。

我在姥姥家的印象都留在了烟熏火燎的厨房里。姥姥有二十多个孙子外孙，她怎么疼得过来！吃过饭后就拉着大人的手嚷着回家。舅妈也常常让最捣乱的孩子去大街上玩。表哥表姐就说，那我们给大街去磕个头，拜个年！过个年，热热闹闹，大大小小，齐齐整整几家子人挤在一张八仙桌上，往往是小孩子们在厨房里就吃够了，然后跑到大街上去疯，去玩男孩和女孩各自喜欢的游戏。

姥姥常说：外甥是姥娘家的狗，吃饱了就走。可不就是嘛？盼啊盼啊，盼着赶紧吃完饭，可以坐叔的毛驴车回去。

叔每次来都喝得烂醉，回去的时候，婶婶驾车。

叔四仰八叉地躺在车上，嘴里不忘唱上几句京戏"左右琴童人两个，我是又无埋伏又无兵，你不要胡思乱想心不定，来，来，来……"叔像真的拿了诸葛亮的羽毛扇，做着手势想坐起来，又被我们几个按了下去。

叔就再唱"来，来，来，请上城楼，听我抚琴"。他唱啊，唱啊，唱得路上的人都驻足观看。谁都知道他是个醉汉，又有谁知道，他是个难得的戏迷呢？看戏不叫看戏，他们叫成听戏。戏有字幕，但他们大字不识，却能背下戏文。不识专业演员，却又那个心思去背诵记忆。人啊，真的不能只低头走路，仰望一下星空，流连一下世间美景，也不枉来这尘世一遭。能够放声大吼，亮亮唱腔，也是人生一大快事。

"恩啊～恩啊～"毛驴又吵了！叔顾不得骂犟驴了，《空城计》从头开始唱"我本是卧龙岗散淡的人，评阴阳如反掌保定乾坤。"

又到初二，转眼已过去近二十年，叔过世了，姥姥也过世了。小哥早有了自己的车，呵呵，追兔子肯定没问题了。我们长大了，女孩早已出嫁，男孩也已经成婚，天南海北，再见一面的机会少之又少，至于毛驴车，再坐一回的机会简直成了空想。一些东西永远成了黑白相片，淡化了，辽远了。记忆的空城，成了名副其实的空城。这一出戏，只有到淡漠风花雪月的年龄，有了曾经沧海难为水的阅历，才能细细体味。

这一天，我买到了京戏《空城计》的片子在整个下午欣赏。我一直没有完整地听一遍叔的唱腔，便宜了那头老驴，便宜了那头老驴。

昨夜因何入梦来

白居易在《梦旧》一诗中写道："别来老大苦修道，炼得离心成死灰。平生忆念消磨尽，昨夜因何入梦来？"

梦，是现实的触须，是欲望的再度延伸。它裹紧黑夜又掩饰不住惊恐。

我梦见我的胸口长出一株紫色的花蕊。花蕊很小，连根拔起时既没有土壤也不沾血液。我将它视为死亡之梦。

一直不知道何谓红尘，何谓净土。那花朵应开放在红尘还是净土里呢？梦是多么伟大的魔术师，他竟然把花朵移植到充满血肉的躯体上。而这血肉之躯必将在百年之后归入泥土绝尘而去。死亡是永恒的。

干干净净的死亡，应重回净土。坟冢上长满荒草，开满野花或者长出一棵傲岸的树。那么，花不是开在胸膛上吗？树不是生长在身体的各个角落吗？

不要说高大的墓碑和坚硬的石阶，都是冰凉的，孤独的，了无生气。我见过一座鲜活的英雄纪念碑。在高大的石墙顶部长出了一大丛苦菜花来。谁说花朵一定长在地上呢？我眼前的苦菜花在空中蓬蓬勃勃，迎风招展。那小山似的一丛分明是一棵生命的汪洋。死去的英魂应该感到寂寞，苦菜花是不是他们的一个活色生香的梦？他们用这个生命之梦向活着的世界挥手致意？永恒的死便是永恒的生。

有一种贫穷像绳索在颈上缠绕。那是我幼时的一个梦魇。她的嘴角还往上翘着，眼里就已经蓄满了泪珠。这一次她没有梦见水晶鞋，她梦见了一本精美的童话书。先是用双手捧着，后又紧紧地揣在怀里，嘴角始终漾着幸福的笑意。她终于把梦里的东西死死地抓牢了。第二天醒来，她手里紧紧抓住的原来是被子的一角。

那就是我，小时候喜欢读童话，最喜欢听《海的女儿》。可是买一本童话书也是那样奢侈，只能在梦里去实现。长大后，当我第一次以海底小人鱼的笔名出现在某篇文章里，我知道，我的梦将不再贫穷了。

可是多年后的我依旧不是个富裕的人，依旧做着贫穷的梦。我知道这个世上还有许多比我更加贫穷的人，我常常摊开空空的双手，一种金钱之外的贫穷继续缠绕着我的身心。

我贫穷，但贫穷得不彻底。我的贫穷，不过是金钱跟不上欲望的脚步。我没有像曹雪芹一样"满径蓬蒿老不华，举家食粥酒常赊"，没有如陶渊明"环堵萧然，不蔽风日"。没有如某诗人所说的那种贫穷：

"我要立志做一个贫穷的人，要穷得没有裤衩，像鱼一样，裸体，并拒绝上岸。"

我常常为这句诗叫好，常常为了摆脱我的贫穷而使我的梦境更加贫穷。

走了很远很远了，前面看不见村庄，后面依旧没有村庄。

我梦见了无数次的荒原。无论我如何喊，如何以最快的速度奔跑，我都不能见到一个人。一种冰凉的孤独包围了我。我忽然间看到一个模糊的身影，那一定是我的父亲。我不停地奔跑，奔跑，但我永远不能赶上他。

我高中时几乎没有完成学业。我想做一个书店的营业员。有个漂亮的营业员把脸化成一个白白的妖精，班里有几个男生已经写了一打情书给她。我也想做一个营业员。

周六不回家，我在妖精那里借来书看。跟我一块看书的还有写情书的几个男生。

我不想考大学。我拒绝考试，高考考了两门之后，我就想收拾东西回家。

我梦见了荒原，我常常害怕梦里的那种深深的孤独感。那一次我没有奔跑，我听见一个人沉沉地叹息：唉，孩子！他是我的父亲！醒来后我就哭了，父亲终于在我的梦里了，只不过是有了声音，哪怕只是一声叹息，我已经很满足，很温暖。

我相信冥冥之中还有牵挂。我坐上车来到县城，在一个小旅馆住了七天。白天在街上闲逛，晚上在床上做梦。没有工作可做，没有任何对将来的思考。一个人就是一片荒原。

后来，我又回到了学校复读。有了梦中的那声叹息，我知道我回来是对的。那样的梦再也没有来过。有时，我真想让死去的父亲再次进入我的梦中。终于有一次，我又梦到了他，他好像答应过与我去饭店吃一次饭，而我等来等去，他还是失约了。我听说逝去的亲人远离自己，那是好的，否则便像童话里卖火柴的小女孩，奶奶来接她了，她也就去了天堂，与人间永别了。醒来后是满脸的泪水，那是回到现实里的失落，原来，梦里没有死去的父亲，到底是死去了。

姥姥在镜子前拢拢花白的头发，红润的脸上透着常见的那种慈祥。我问她：姥姥，你不是死了吗？姥姥说：丫头，我要去济南看看你大姐。

我醒来后就像姥姥刚刚走出门去那样清晰。给姐姐打电话，原来姐姐正在医院里生孩子，她生了一个早产儿。我相信一些牵挂和爱是能够穿透死亡的。尤其是姥姥的那种坚定，在她去世多年后依然在我的梦境里活灵活现。

她说的话总是无可违逆：夹菜时不能连续三次，不能用左手夹菜，放学后要扫院子，饭后要洗干净自己的碗，自己的衣服自己洗，不许在她跟前哭鼻子。

我天生是个左撇子，但是她硬是动用了各种方法让我的右手也灵活起来。"用左手，吃饭时跟别人的筷子打架，赶紧改过来！""用左手，长大找不到婆家！"我如果犟，她会用手或任何别的东西敲我的头。

她只要来家里，每个孩子立即服服帖帖。她还要埋怨妈妈溺爱孩子，我不喜欢她，总问她什么时候回去。她就生气地说不走了，死也要死到这里。她在八十岁时得了癌症，晚上喝粥时忽然听到她喉咙里有奇怪的声音，像是一个气泡挤着另一个气泡。喝粥还会阻住吗？那已经是晚期了。我生活的这个地方是癌症高发区，食管癌像是每个人的宿命，不知道会扎进多少人的梦里。

姥姥生病后就回去了，她走的那天脸色依旧红润，就像我梦中的一样。我妈妈一直没让我去看望老人，她不想让我的幼小的内心根植死亡的种子。

光线烈强的白天，当我的眼睛半开半合，进入我梦境的永远是只能感知光亮不能看见东西的焦虑。那种焦虑让我真正体会了视觉对于人的不可或缺。瞎子有没有梦境？那是什么颜色的？

村里有一对天生的盲人兄弟，我称呼他们大伯与二伯。瞎子二伯对瞎子大伯说："哥，你吃过了吗？"大伯说："嗯，吃过了。你去扫扫院子，我去收拾厨房。"二伯将院子清理得一尘不染，大伯把厨房里餐具洗刷得晶莹透亮。我常惊叹于墙角那堆码得整整齐齐的干柴。每一块干柴的木块有巴掌大小，像一个个立正站好的仪仗兵一样精神。

大伯说："秋风起了，一片叶子落到我肩上呢！"

二伯说："太阳光真像一件衣裳啊！太阳一走，像少层衣裳一样冷，得挪窝了。"

我一直羡慕兄弟两个在院子里晒日头的光阴。他们用触觉和想象来感知这个世界。从来没有过视觉的人会做梦吗？梦里也有一双触觉的手吗？

我只相信眼睛所看到的东西。视觉直接传达了人的欲望，欲望之船才得以行驶在梦的海洋里。

我断定一生都在院子里晒太阳的大伯二伯不会做梦。他们就像院子的两棵梧桐树，梧桐尚且感知阳光雨露，他们则生来就降落在黑暗的世界里。重重包裹着他们的还有一层一层的贫穷。两个同病相怜的兄弟，黑暗中的对语，是幸运还是一种悲哀呢？生命因苍白而无梦。

而我听说过，他们的母亲生病后瘫痪在床上。兄弟两个像把孩子一样给母亲把屎把尿。邻居婆婆对他们的母亲说："你这样活着还不如死了呢，给两个瞎子造成多重的负担？"兄弟两个将她骂走。母亲死后，他们再也没有事情可做了。幼时，他们是母亲的孩子，成年后，母亲是他们两个的孩子。母亲走了，他们的生命里少了这些充实。梦便苍白一片。

恩格斯说：我放弃遗产。重病的母亲不再担心儿子们对父亲重大遗产的纷争。恩格斯也不会在梦里对亲情的流失而欷歔。于是，母亲在悉心照料下又活了十年。生命因舍弃金钱而无噩梦。

　　睿宗的长子李成器对父亲说：我放弃皇位。他不仅年长而且是嫡子，并做过太孙。但三弟李隆基却在建立王朝时立了大功。李隆基继位后，唐朝进入鼎盛时期。在余下的日子里，李成器不会做流血干戈的政变之梦，父亲不会做手足相残的断臂之梦，李隆基定然不会做窃取帝位大逆不道的黄粱美梦。生命也因放下权位而无噩梦。

　　甘地夫人说：世上有两种人，一种人做事，一种人邀功。我要试着做第一种人，因为这类人基本没有竞争对手。我也甘愿做第一种人，单纯做事，不驰于空想，不慕于虚名。不被噩梦惊醒，也不被美梦玩弄。生命因宁静而无梦。

　　夜晚，一本书走进我的梦里。风翻起书页，我看见了我的名字，那是用月光写成。啊，我愿我的梦都如月光恬淡和美好。愿我也如五柳先生"常著文章自娱，颇示己志，忘怀得失，以此自终"。

黑白照片

白鹅

关于白鹅，我会在后面提起，现在先从我自己开始说吧！

我生下来时，上面已经有两个姐姐了。当时，伯父听说又是个闺女竟号啕大哭着跑开了。父亲则一边端详我的小脸一边说："我有三个漂亮女儿了，就叫'晶'吧！啊！啊！我的三个红太阳啊！"

我三个月的时候，据母亲讲，我已经经常抬起头来看屋子里出出进进的人。有时一翻身就会挨到床沿。我睡下的时候，母亲就让两个大女儿一头一个坐在床沿把守。也许是天下父母对最小孩子的偏爱，他们的偏爱终于导致两个大孩子的不满。

她们在我醒时要看着，在我睡时还是在床边守着。不知道哪一天，也不知哪个姐姐向另一个姐姐提起："整天看这个小丫头片子，不能出去玩玩，咱不要她了，把她扔了去吧！"两人一拍即合。当时，大姐八岁，二姐六岁。

她们把我扯到床边，一人拉腿，一人拽胳膊。她们一齐喊："一，二！"我被两个大孩子抛起来又摔下去。

母亲从厨房跑进来的时候，两个女儿早就跑出去玩了。母亲失魂落魄的将头上满是鲜血的婴儿抱到当地最好的医院。

母亲说他第一次看见父亲哭，而母亲已经不知道什么是哭了，她一滴泪也没有，她也许是受了很大的惊吓。父亲或许以为我会死了，或者摔成一个漂亮的傻子。事实证明，以后成长起来的我果真不如两个姐姐聪明。也不知是不是摔傻的缘故。其实，那是我出生以来父亲第二次哭了。

第一次大哭还应该回到我出生的那天。伯父哭着走开以后，父亲跟伯父去了他家。喝过酒以后，父亲陪着伯父哭了起来。伯父跟伯母一直没有生下一男半女。兄弟两个上面还有一个傻子大哥。他们所有的希望都寄托在我是一个男孩身上。

也许，隔了时代，我们永远无法了解他们的香火观念。生儿子，对于他们来说是多么崇高伟大的事业，上对得起祖宗，下对得起后代。

也许我再举个例子的话就能多少理解我们的上一代了。我家后邻的同大爷在得知弟媳生下个小侄子后也莫名其妙地号啕大哭。以前村里娶不上老婆的人很多。一大家子只要有个侄子死后就有人举花圈了。同大爷一把鼻涕一把泪的逢人就说："死后有人举花圈了！死后有人举花圈了！"这些现在听起来就像是笑话。

父亲应该不是那种封建意识特别强烈的人，因为父亲在当时，用我们现在的说法是上班族，是国家干部，搞文化宣传的笔杆子。

父亲跟伯父哭过之后，父亲就高高兴兴地回到家中。母亲说父亲从来都是高高兴兴的，一进门就摸摸这个孩子的头发，亲亲那个孩子的脸蛋儿。他还会把屋里的每一个大小女子都夸上一番。

所以，每当看到女儿跟女婿争吵，母亲就特别特别纳闷，为什么有那么多事情需要吵？我跟你爸过了十几年就没红过脸！母亲常常用自己的经历来为孩子的生活做教材。

母亲还未满十八岁的时候结识了还在部队的父亲。她们的相识有着时代的烙印。如果以我们现代人的观点，他们根本算不上相识。因为他们六年间就从没见过一次面。

他们不过是通过媒人说合交换了相片，至于本人却从没见过。两人交流的唯一方式便是书信。父亲的文笔要大大超过他的相貌。父亲不是风流倜傥的才子，父亲是那种其貌不扬，不显山不露水的朴实乡下人。不过，当时的父亲已经在报纸上发表过许多文字了。

六年后，媒人与奶奶发生了一些纠葛。媒人便跑到姥姥家里说些不中用的话。姥姥听后立即终止了母亲跟父亲的书信。那一年，父亲第一次从北京回来，千寻万访找到了母亲。

见过面后，舅舅也不同意了。舅舅长得仪表堂堂，姥姥家的男人都长得仪表堂堂。女子个个长得俊俏水灵。母亲是家里最小的，是最好看又进过学堂的高中生。

父亲只有一口洁白的牙齿和一双温厚善良的眼睛。父亲的脸膛在当了六年兵之后就与牙齿形成了更加鲜明的对比。父亲的个子跟母亲一样高。小时候我就听说过有"比肩"的说法，大概那次他们初次见面的时候，就意味着将来的"比肩"了。

母亲由不得他们反对，父亲转业之后，他们就结婚了。母亲把父亲发表过的东西分门别类的装订起来，哪些是诗歌，哪些是散文，哪些是一些通讯报道。母亲整理得清清楚楚。有时我会觉得自己遗传了母亲这个整理的长处，长大后我也喜欢将一些零零碎碎的东西整理得有条不紊。

母亲把这些本子收藏得仔仔细细。我有时会认为母亲嫁的也许就是这几个厚厚的本子。

父亲的爱很谦卑。母亲不止一次地向我说起父亲的谦卑。父亲的家里有卧床的老母，有没劳动能力的大哥，家里又穷，拖累得以为自己30岁以后已经娶不得媳妇了。在以前，男人因为穷没有老婆的太多了。

父亲总是很客气，说一些感谢的话。感谢母亲给了他一个家。他已经很知足了。他怎么会苛求母亲再为他生一个儿子？当然，父亲在外喝醉后说的那些无后的酒话就另当别论了！母亲当时不知道。后来，父亲离开后母亲知道这些也没什么意义了。

父亲的那种谦卑，那种相敬如宾的感情在我听来如天方夜谭。这样的感情在现在生活中是绝无仅有的了。我们这一代好像没有生长一颗谦卑而知足的心。我们是时代造就的，如同他们的生活，同样是时代造就的。

我想接下来该说一说我家的白鹅了。以前家家户户都是要养许多牲畜的，鹅又下蛋，又看家。一有客人到访，白鹅就嘎嘎嘎地叫个不停。村人从来都是叫白鹅为管家婆的。

不过，管家婆的嘴太厉害了。我家的白鹅被禁在一米见方的栅栏里，白鹅只能稍稍转一下身。白鹅也许早就向往自在的生活了。想起了小时候背过的那首诗："白毛浮绿水，红掌拨清波。"那是多么自在的境界！白鹅，它被囚禁得太久了。

那一天是白鹅的末日。它疯狂地挤出栅栏在院子里撒欢。它兴奋地嘎嘎嘎地叫着，全然忘了自己是个牲畜。我被这兴奋的叫声吸引到院子里。大概白鹅怕我打扰了它的自在。白鹅低下它高傲的脖颈，尖利的嘴巴扭住了我的膝盖。那是我有生以来第一次学会记忆。那时的我刚刚四岁。

大概每个人的第一次记忆都有深刻的印象，或许只是一些符号，一些片段，或者一些画面。我人生的第一次记忆好像就是这几幅画面。我的第一次记忆与白鹅有关。

关于疼痛的记忆早就没有了，但膝盖上鲜红的血却永远挥之不去。大概必须有一些刺激才能使一个懵懂的人开始清醒。对我来说就是这汩汩的血吧！

流了那么多血，以至于父亲回家后就从栅栏里揪出那个罪魁祸首。他的一只手攥住白鹅的脖子，另一只手则指着一旁的母亲："拿刀来，锯了这个畜生！留这样的畜牲干什么？"白鹅的红掌在空中扑腾了几下，鲜红的血就流了下来。

据说，当然，这也是一种迷信的说法。虽是迷信，人们有时也不得不向这些迷信屈服。鹅的身体里有一种邪气，谁若沾染了便有灭顶之灾。所以，从没见过哪家会杀掉一只鹅并吃鹅肉。尽管后来在安徒生童话里最早知道了外国人吃烤鹅的事情。

庄户人家的鹅不再下蛋之后从来都是卖掉。至于收鹅的人如何处理就不得而知了。我对父亲的记忆就是从那天开始，第一次也是最后一次。因为没过多久父亲就早逝了。

父亲的死再也不愿提起了。母亲回忆往事的时候也同样不会回忆父亲死的这一节。其实，父亲的死才是惊天动地的大事，在此之前我说的全是一些不足为道的鸡毛蒜皮。

父亲的死就像是一把尖刀直插入母亲的心脏。那是一种锥心的疼痛，不提也罢！没有一个人愿意反反复复地咀嚼过去的痛苦。人们愿意回忆的永远是些甜蜜幸福的往事。

我有时还会想起那只白鹅，是那只发疯的白鹅让我记住了那零星的片段，记住了父亲那愤怒的脸。让我记得有一个这样疼爱孩子的人。他说："留这样的畜牲干什么？"

接下来的生活应该由我来回忆了。可是我还没到母亲这样喜欢回忆往事的年龄。我想等我老了也会告诉孩子们一些事情的，而这些事情的源头应该从一只白鹅开始。

黑狗

对于一只狗的记述，请原谅我说得过于絮叨。

人们都喜欢用日历来记忆时间。比如某年某月某日谁谁出生，或者哪年哪月哪日哪位老人过世。除此以外，对于乡下人来说就是记载一些时令，节气，或者赶集的日子。但是，对于一个人的深刻记忆，日历则显得那样孤单与无助。

我会记得我把一只小狗从伯父家里抱回来的每一个细节。但至于是日历中的哪一天，我那时几岁都已经无从知晓了。

每只小狗都很可爱。当我走进伯父家的柴屋，我立即被那几只小狗迷住了。它们有着各种各样的姿态，似乎每种可爱的姿态都是在吸引未来小主人的注意与垂青。在地上打着滚儿的，交叉着两只前爪嬉戏的，赖在妈妈怀里喝奶的，好像都没能吸引我。惟独一只有着两个黑豆般亮亮的小眼睛的小黑狗让我一见倾心。

以后的日子，我就是用一只狗来记录我的成长经历的。自从有了它，我就有了一个忠实的影子。而在此之前，我的境况则大不一样。

正如一个漂亮的姑娘，她偶尔对你笑一下，谁都会为那种美所倾倒，但是如果她一直不停地看着你笑的话，那她不是疯子傻子就是鬼怪狐妖了。我常常盯着一幅画看个没完，直看到大声叫喊起来。

那女子歪戴了帽子，不仅一直对着我笑，而且还向我眨眼睛，甚至会走下来坐在我床边……

母亲只好撕掉那张画并烧掉它。真不知道母亲当年烧掉多少幅明星的挂历。母亲为此不知找了多少相面先生，还有据说有着第三只眼的神婆，甚至连大医院里的神经科都看过了。

我害怕黑，怕一个人独处。我现在怀疑那是一种可怕的孤独症。

母亲那晚上星夜去地里浇水，临走嘱咐两个大女儿好好看好妹妹。我半夜里醒来屋子里黑洞洞没人，摸到姐姐床上也空无一人。一种对黑暗的可怕让我跑到院子里放声大哭起来。

四个丫头闻声赶来，原来她们在我睡下之后偷跑到邻家看电视了。四个人中，除了两个姐姐还有两个她们的朋友：大玲子和小玲子。她们天天晚上泡到我家里，晚上四个人挤在一张床上叽叽咕咕不睡觉。每晚上都是我领了母亲的旨意亲自跑下床，每人拍一下她们才会静下来。

四个可恶的人看见我没穿衣服在院子里哭先是大笑一阵，然后轮流劝说我回屋。我的小嘴很厉害，边哭边一个个数落她们平时的斑斑劣迹。大玲说，不管她，咱们再回去看电视。二玲说，我困了，要睡觉！剩下姐姐们，二姐劝说无效后就重重给了我一拳就回屋睡觉了。只剩大姐笑眯眯地看着我哭……

这些不光彩的经历好像与我的黑狗无关。但是，自从我有了一只狗之后，似乎情形就大不一样了。我想人的心灵总是由一扇扇大门组成的。有的门上写着智慧，有的门上写着快乐，还有的门上可能写着各种各样我所不知道的东西。自从小黑狗来到我的身边，我的快乐之门忽然就打开了。而那个孤独之门则被我的小狗嗡的一声关闭了。

我叫它黑儿，所有的人都这样叫它。

黑儿只有我的脚脖儿那样高，黑儿就特别喜欢我的脚。我坐着的时候，它的整个身子就趴在我的脚上睡觉。那种软绵绵的信任总让我不忍心去打搅它。多年以后，即使我不习惯于回首往事，我的双脚也早就把那种柔软的记忆留存下来。那种感觉，仿佛还发生在昨天。

书记家的小花狗跟我家黑儿是同一窝儿。小花儿长得很漂亮但有些挑食。为了好养活，书记老婆将小花和它的小碗都带到我家里来。以后书记老婆就天天来看看小花，连同她那一套书记跟妇女主任相好的言论都带了来。记得母亲常常反问她："是吗，是这样吗？不会吧？你亲眼见过吗？"大概书记跟妇女主任永远扯不清关系，就如同现在的老总跟身边的小蜜一个样。你说有就有说没有就没有。但是谁见了？

小花比黑儿调皮可爱。它吃一口自己碗里的饭就跑到黑儿的碗跟前。黑儿被小花挤出之后，它又回到自己的小碗那儿。一旁的黑儿重新站起来吃的时候，小花又跑过来了。

大约在书记老婆把她要说的事情说完之后，她就把可爱的小花给抱走了。不久，小花竟意外地死了。我一直怀疑这跟书记老婆家的臭肉有关。

书记老婆有个异于常人的嗜好，就是喜欢吃那些别人闻了想吐她却疯狂着迷的臭烘烘的变质肉。小时偶尔到书记家里看彩电总能闻到那股臭烘烘的味道。还记得电视里演的是《三打白骨精》白骨精吃人那节与臭烘烘的味道混在一起，那种记忆的储存真是让人难以消受。难怪，书记总往妇女主任家里跑。

其实书记跟妇女主任那点子事儿没有人真正关心，当然除了书记老婆之外。人们更加关心的，是妇女主任的丈夫跟他的情妇。她的丈夫在上海某地发了家后与一位很有品位的大学讲师有了一个极其漂亮的女儿。

妻子骂丈夫流氓，丈夫说妻子也不是什么好东西。孩子说两人都是流氓，都不是好东西。

我就更喜欢我家的狗了。相对于这些大人们的破事儿，我的黑儿，它比人忠诚多了。我的黑儿。它只忠实于我一个小主人。

以前母亲走到哪里我就跟到哪里，她说我就是她的小狗儿。现在我走到哪里，小黑儿便跟到哪里。我终于有了自己的朋友了。狗永远是孩子的朋友而不是大人的朋友。大人只会让狗看家，只会杀狗，卖狗，或者吃狗肉。

黑儿长到跟伯母家的狗一样高的时候还挤兑着老黑狗喝奶。老黑狗在前面逃，黑儿就在后面追。等追上了，一老一少就互相咬起来。

有时老黑狗吃到的好东西会找个地方给黑儿吐出来。黑儿从不会感到恶心地一一舔食干净。这让我想到以前那种不很健康的喂孩子的方式。常常是母亲把小孩子夹到腿间，然后自己嚼过了抹在孩子的嘴里。幼小的孩子吃得津津有味。

我给黑儿两个大大的饼子。第一个，黑儿三口两口就把它吃了个干净。吃第二个的时候则一口就吞了下去。我悄悄跟在黑儿的后面。原来它去找它的妈妈了。我过去的时候，老黑狗正吃着那个大饼子呢！有时见一些老人因为孩子不孝而自杀，我就更加觉得我家的黑儿可爱了！

对于黑儿的有趣的赘述，我原本打算用一个省略号来代替，但是总感觉把黑儿的形象给抹去了，所以还想再来说几句。

黑儿会跟我一起分享一块糖果。我咬过一半的糖果扔给它后，黑儿从不会一口就吞了下去．糖果在它口中嘎嘣一响，我就知道此时的黑儿快乐极了。

黑儿陪我走夜路，黑儿总是准时地在我放学的路上等我回家，黑儿总是热情地迎接我……

我上小学时还是一个有学习障碍的孩子。有时我觉得自己是个天才，同龄孩子不懂的我全知道，虽然功课总是全班四十名学生之后的小尾巴。我从没觉得烦恼过，我觉得我拥有黑儿就已经很快乐了，很富裕了。

大约到了三年级，我的智慧之门忽然也打开了。功课好像有了神助地往上蹿。那一年，黑儿已经做了妈妈了。所以说，黑儿记载了我的成长经历这话一点都没错。

有关黑儿与我的事真是一本书也道不完，直到有一天黑儿在我的生活里永远消失为止。

家中的日子真是难过，有时简直会断了油盐。尽管如此，母亲还会悄悄地用仅有的一点油煎一个黄澄澄的鸡蛋给我吃。而我也会偷偷地趁她不注意丢给黑儿一半。

十二岁时的我还是一个孩子，而黑儿已经是一个成熟的中老年狗了。

自从父亲去世以后，母亲就变得宿命了。她不止一次地请相面先生占卜吉凶。当她听先生说家里会出两个学生的时候，母亲非常欣喜。随着孩子们学费的增多，母亲越来越不能支撑一个家。

与母亲再婚的男人也是一个温厚善良的人，尽管他在我走进家门之前连黑儿的狗盆都准备妥当，我依旧觉得父亲的位置不可替代。我的固执同于黑儿的固执，因为黑儿就没打算跟我同住。

黑儿忠实地守在我们一起长大的家里。它也许在等待着我们有一天会回去。黑儿只有在饿了之后才到晚上来我这里要点吃的。可是这样的日子没过多久，黑儿就无缘无故地消失了。黑儿肯定以为我抛弃了它，我是不是抛弃了它呢！我是想过搬回去跟黑儿同住的，但是我还没开口的时候，它就在我的生活中永远消失了。

我在往后的日子里常常梦见我的黑儿。它有时被挖去了两只眼睛，有时会瘸了一根腿向我跑来。在我的梦里，黑儿从不会完整的在我眼前出现。我知道黑儿一定被哪个人卖了，杀了，或者吃掉了。因为黑儿的忠实，它一定不会离开那个小屋的。

黑儿的忠实让我内疚，让我疑惑，让我甚至恨它忠实得不可理喻。

包括我的一双脚，我的整个大脑和心脏都会记得这个童年的朋友。仿佛是在昨天，它还美美地睡在我的脚面上。也许再过上十年，二十年，这种柔软的记忆依旧仿佛是在昨日。

合欢树

一个村庄就像一棵躺下来的树。树干就是一条主街，从树干开始往四下里发叉。树就这样枝枝杈杈地分下去，直到最细小处的一片叶子，一朵花或者一颗果子的时候，那便是我的家了。

我的家在村庄的最深处。一条南北街往东走，再往南，再往西，再往北就看见我家破旧的柴门了。我说起来好像是七弯八绕，其实来我家的一些同学朋友只要站南北街一望，看到那上空飘着一片红云的屋顶就找到我的家了。

那一片红云就是我足以骄傲的合欢。奶奶十四岁时被婆婆用十八斤高粱买进门的时候，这棵合欢树就已经这么粗壮了，五十年后，这棵树好像没有多少变化。大约树跟人一样，过了生长期之后就不再长了，不过是在慢慢地老去。因此，现在要考证这棵树的树龄已经不是很简单的事情了。

即使它的名字，我也是在读了一篇小说之后才知道的。以前从来都是叫它绒花树的。大概是因为花的外形看起来像粉红色的丝绒。又或者叫荣华树吧，或许因为它开的满树的花朵富丽堂皇，很有气势，像一幅荣华富贵的挂图。

我从来都把它叫做女人树的。只有女人才会在夏天那样艳丽和妖娆，只有女人才有那婆娑的姿态，才会拼命地向各个方向舒展她漂亮的水袖。

我于是把我的家叫做女儿国。女儿国是名副其实的女儿国。无论白天还是夜晚，家里出出进进的全是来串门子的姑娘媳妇小孩子。小孩子是来找我玩的，姑娘们都是姐姐的朋友，大小媳妇们都是来母亲这里闲聊的。

田姨算是我家的常客，她跟姨夫吵完架后就来家里住几天。我至今把田姨的那句话记得清清楚楚。

"我说，你还真想继续养着她呀！你以后的日子咋过？"田姨毫不避讳我的在场。

"算了，算命的胡诌的你也信？"母亲说。母亲对算命先生的话总是听一半弃一半的。原来是算命瞎子算得我命硬，四岁上克死父亲，十二岁再克死母亲。田姨比母亲更为担心，因为她很宿命，小时候被父母丢弃，养母又去世得早。上学时姥姥收留了她，直到高中毕业后成家。她极害怕我会把她姐姐克死，已经给我找过好几家想把我送掉。后来都让母亲阻止了。

母亲当然是宁可选择花钱买平安的方式也不把我送人的。田姨跟母亲一样，都已经是三个孩子的妈妈了，当然知道往外送孩子的滋味。我渐渐长大后就不再听她说这个事了。不但没有听说，而且她跟姨夫也非常喜欢我。尽管她总是跟我开玩笑，说我是三个姊妹里最难看的啦，说我一哭起来就变丑啦，说我只剩下两只大眼睛啦……

田姨在四十岁的时候也成了寡妇，同样供三个孩子上学。我有时真的惊叹我们的上一代，她们的肩膀到底能扛多少不幸。田姨很少来我家了，她跟一些男人们一块干建筑队上的活，一块挖沟筑槽。有人见她穿着男人的汗溜子在地里挥舞着铁锹，跟男人们开着玩笑打情骂俏。

二奶奶家的二婶一过门子，我才知道什么是漂亮这玩意。

二婶初到我家来认门时是在冬天，她围了一块鲜红的裹着纱巾的漂亮围巾。进屋后解了围巾就叫母亲："嫂子！"

我呆呆地看着她的那张俊脸，我从没见过这样好看的一双眼睛。

二婶走后，我从此就迷上了照镜子。我跟二婶作了比较：二婶皮肤白白的，眼睛比我大，鼻子小巧，嘴唇厚厚的。腼腆地笑，两颊有两个小酒窝。两个油黑的粗辫子。

"妈，你看妮子臭美的！你能照出个天仙来！"二姐常常笑着打趣我。我不管，有人说照镜子时间长了能照出个美人胚子来。

家里开着两朵美丽的花儿，那就是两个漂亮的姐姐。大姐梳着两个麻花辫，谁见谁夸长得好看。她的十指修长纤细，一定是可以弹琴的手指，可惜她生在了贫寒之家。二姐一年四季留着假小子的头发。我家的柴门外常常潜伏着几个坏小子，这些坏小子全是二姐的敌人。他们往往在外面大声叫喊："小子！有种的出来，缩在家里算么子！"我想他们大约搞错了，我家哪有小子呀？

二姐让我出去看看状况，坏小子嚷着："妹妹，叫你姐姐出来！"

真是找我姐姐的！等我姐姐大模大样走出来那么一站，刚才叫骂的几个早就吓得跑远了。姐姐就告诉我："妮子，看到了吗？只要你不怕，他们就不敢怎么样！以后遇事别躲躲闪闪的，谁欺负你不许憋在心里，让我教训他们去！"

二姐在我眼里总是以一个英雄的形象出现的。其实，我也用不着她为我打抱不平。我在三年级的时候就有一个护花使者了。我的护花使者是个子高高的帅哥，班里出了名的坏孩子头。有一回，一个男生用拳头捶了我一下，庆子就站起来拍了下桌子。那个男生灰溜溜就回去了。从此以后，从没有人敢动我一根指头。庆子的拳头他们是领教过的。

我跟庆子从没有正式交往过。我初二那年，班主任公然怀疑我跟男同桌早恋。真是笑话，谁不知道庆子对我好呀！尽管庆子常常给别的同学的自行车撒气，惟独悄悄在星期六给我的车子打足了气。

"我就是有些封建的老师，我看不得男女生离得太近，看不得两人非得读一本书！"班主任在讲台上大讲。他一定把没早恋的两个孩子撮到一块去。

我向来是文静的女生，但是他的公然侮辱还是让我收拾好书包。我静静地走到他跟前对他说："我不上了！"没有人拉住我，班里从此将少一个品学兼优的好学生，我是这样想的。我走后发生的事就不知道了。几天后我重返校园，庆子不在了，同桌转到中心中学了。

庆子呢？据说我走之后他抄起板凳要打老师，当然是没打成了。庆子还被关在小屋子里反省。庆子的爸妈早已离婚，他在乡下跟爷爷一起住。校长要把他爷爷叫来说明情况，庆子说你放了我吧！我不上了！

庆子第二天就离开家到北京找爸爸去了。我不知道庆子有没有继续上学，不知道他会在社会上发展成什么样子。我忽然感到空落落的。我不知这幼稚的恋情算不算一个人的初恋。如果不是，他却时时影响着我将来的生活。我会将任何人与庆子做个比较。庆子总是悄悄地给我做着一些事情而从不告诉我。我对那些付出一点点就永远记在心里时时让人回报的男人嗤之以鼻。

在我的中学时代以致后来，我的心里只有庆子一个人。庆子就像空气，他看不见摸不着，但是却时时控制着我的呼吸。

漂亮的二婶时常到我家来坐坐。

"嫂子，看我给你兄弟扯的这块布好不好！"

"嫂子，我不会蹬缝纫机，你教教我！"

二婶会自觉不自觉地讲起二叔的好来。二叔比婶子整整大了十岁，婶子十八岁时跟着一个四十多岁的男人跑了。后来又拖着大肚子跑回来。

二叔就这样捡了一个漂亮媳妇。二叔叫婶子"小丫丫"。这是我出生以来听到的最可爱的昵称。小丫丫把肚里的孩子做掉后就跟二叔结了婚。二叔有了漂亮媳妇后精神焕发，转眼就成了个风风光光的包工头。

二叔的脾气也大了，酒也喝高了。有时半夜里，"小丫丫"也会跑到家里来寻求庇护。"嫂子，我活不下去了！我死了算了！"母亲一边劝慰，一边等着二叔来找人。二叔的酒多半已经醒了，后面还跟着几岁的儿子。

二叔跟"小丫丫"和好后常常买了肉一起来吃饭。二叔在不喝酒时确实是个很好的家伙。可是二叔刚过四十岁那年忽然间七窍流血死了。"小丫丫"刚过三十岁，孩子已经十一了。

婶子就这样走了。

再不会有人悄悄地把月饼放到我家的锅里，再不会有人把地里的活悄悄地帮忙做完。他们很快在我的生活中消失了。

我常常坐在树下凝望那满树的花朵。它们年年娇艳，但是这树下的人却来了又走。当姑娘们都长大了的时候，这个院子注定要空无一人的。

赖在我家不走的大玲子跟二玲子亲如姐妹。大玲子赶集时下起了大雨，她拉着二玲子就往还没正式过门的婆婆家去避雨。玲子的未来丈夫竟然跟二玲子一见钟情。大玲二玲再不会挽着手来我家挤着睡觉了。

人是这样脆弱的生灵！面对生老病死还是分分合合都是那样的不堪一击。而树呢？每一棵树的死亡都是做了垂死挣扎的。或许是几枚叶子慢慢枯黄，或者来年干脆就不再发芽了。一棵树的死亡也是这样的安静！

我们渐渐地长大。合欢树依旧静静地站在那里，它知晓每个人的心事，知晓这个院子里发生的每一个故事，知晓哪个人在哪一天偷偷地流过眼泪。

媒婆

那个夏天无比炎热。一放学，我就跟着美美来到她家。

美美妈全身上下只穿了一个大裤衩，手里夹着一根烟。她家的院子里泼满了刚从井里汲上来的水，非常清凉舒服。可是，美美妈还那么热。

远远的我就看见她脖子里吊着两个旱烟袋子。走近了一看，那原来是她耷拉下来的干瘪的乳房。

我掩饰不住刚才荒唐的想法。美美妈一定洞悉了我刚才的诡笑。她把我拽到身边问：“闺女，你妈在自各家里也穿那么周正？”

“是啊！”我说，“大妈你夏天没有大背心吗？”

“嘿嘿，我给你讲个傻姑爷拜寿的故事吧！”一说讲故事，美美跟两个弟弟一起凑了过来。

“说有个傻姑爷给老丈人拜寿。早晨起来问媳妇，我穿什么呀？媳妇回娘家走的急就说你摸摸哪件光滑就穿哪件吧！媳妇先走，傻姑爷后到。你们猜猜傻姑爷穿什么去了？”

“哈哈，什么也没穿！”两个小男孩笑着跑开了。或许这个故事已经讲过多遍了。当然是摸来摸去就是自己身上光滑了！

我回家后就把从美美妈那里听来的都讲给妈妈听了。妈妈把筷子往碗上一搁，说："又是从哪里听来的荤话！以后不许讲这些！"

于是，美美家里我就很少去了。可是有一天，一向从不登门的美美妈却坐在我家堂屋的座位上。我刚迈进屋子里，她们的谈话就结束了。

"大妈来了！"

"恩，放学了，闺女！那我就先回去了！你慢慢考虑，我等你的回话！"她边说边站起来往外走。

"妈，她来咱家做什么的？我怎么感觉她是媒婆？"

"小孩子别问那么多，做作业去！"

媒婆，这种感觉忽然间就在我脑子里出现了。一种对母亲的捍卫是与生俱来的。

每到夏天，学校的花坛里就热闹开了。许多种我叫不出的花朵挤挤歪歪地跑到花坛外面来。我不用迈进花坛就能顺手掐一朵花在手里。

那次摘花真是不小心，一个二年级的小孩竟然跑到校长那里去告状。当校长走到我跟前的时候我还在闭着眼睛陶醉于花的芳香。

"你摘花了？"

"啊，我摘了！"我想抵赖都不行了。那个小孩正站在校长的后面，并且手指着我说："就是她！"

校长看了我一眼，什么也没说。自己反而倒背着手走开了。

他刚走不久，我就听见他大声喊庆子的声音："庆子，那佛手是不是你摘的？你给我过来，往哪跑？"庆子才不会那么傻，早就跑得远远的了。

校长是学校的园丁。花坛，走廊，办公室的花无不是他亲手料理。他办公室里的佛手是最钟爱的，但是接一个丢一个。罪魁都是庆子。庆子从心里就捣乱，喜欢挑战学校里的最高权威。校长对他真是一点办法都没有。

那晚上我做了一个奇怪的梦。我竟然坐在校长家的书桌前学习。

一年前，校长的媳妇因病痛自杀。校长的头发一夜间就白了。他其实不过五十岁吧！我猜的。

"越来越好看了！嘻嘻！"

在胡同口，我看见宝叔有意无意地碰了妈妈一下。我走过去，眼睛直视了他足有两分钟。以后，我就用这种眼神来看他。

今天，我已经没有那么多憎恨了！可是在当时，宝叔就从来不敢正视我了。

吃晚饭了，妈妈还没回来。

"妈呢？"，我问。

"晶儿，明天我们要搬家了。妈跟校长结婚了，现在正在饭店里呢！"大姐说。

"怎么可能？妈怎么不跟我商量？"这印证了我对美美妈的猜测，媒婆！

"你？"二姐哼了一下。

恐怕没有人喜欢一个陌生的人做我们的父亲。八年，是从一个父亲走到另一个父亲的距离。八年，我们长大了。妈妈的青春也被我们拖垮了。

我们不愿意，但我们从不会反对。我们从没有反对过妈妈做的任何事情。

我极不情愿，极不高兴。每个人都这样。最后的晚餐在桌子上慢慢地凉了。

我走出屋子来到合欢树下。仰望满天的星星，我感到依依不舍。这里有太多的记忆，这里是我生长的地方，这里让我充满了神秘的灵气。

再见，我的花朵；再见，我的贴满奖状的小屋；再见，我的女儿国。

黑白相片

我常常拿出一些黑白相片来翻看。略去了浮华的色彩，那里只剩下明亮的眼神。就像一些遥远的记忆，略去了一些平淡的叶子，只剩下结实的枝干。

（一）开会

一晚上没有睡好，我在做各种各样的梦。

"起来，起来，开会了，开会了！"我被二姐从梦中捞出来。

"谁开会？"我揉着眼睛。朦胧中看到两个姐姐已经在床上曲着腿坐好了。

"你！"二姐指着我说，"今天别介个进门就叫爸爸，没出息，小心我捶你啊！"我只有乖乖听话的份儿！我知道，我的领导以后就不是妈妈了。二姐是我们的新领导了。

"还有你，姐姐！"这次是对大姐说的，"以后去了别像在咱家里那样勤快，不是你的衣服不能洗，听见了没？"

"知道了！"大姐虽然是老大，但是主心骨都长在二姐的身上。

"好了，开始收拾东西！乱七八糟的碎东西就不要了，省得他们家以为咱家里全是破烂儿！先把我们的相片收好，把咱爸的相片单独放在这个绿皮夹子里。"二姐吩咐道。

绿皮夹，一个很结实很漂亮的文件包。那是父亲生前用过的，有着好看的绿莹莹的光芒。我负责整理相片。父亲生前的相片真多，他几乎走了大半个中国。每一张相片都在对我笑。我遗传了父亲的笑容，我逢人便有谦和的笑容，甚至有时我都不知道自己在笑。那只是在表达一种善意和友好。

我们一边收拾，一边听二姐开会。

"以后，在他们家里少说话，多留个心眼，有什么话先给我说，有什么事咱们自己商量，听见了没？"我知道这最后一句就是对我说的。果然，二姐停下来对着我说："听见了吗？就说你呢！以后别动不动就咧开那张大嘴哭，像个受气包儿！"

"知道了！"我从小就听二姐的话，她的话在我这里很有分量。

忙活了一大早，我们的小东西都收拾妥当。刚坐下来，姐姐又继续开会了。

"这个小屋，据说每一块土坯都是爸爸亲自拓的。今天咱们就要走了，我们给爸爸磕几个头吧！快点儿，一会儿就来人搬东西了！"二姐说着就哭了起来，大姐也哭了。

磕完了头，二姐取下父亲的相片用一块布包好。父亲的笑容隐藏在那块布里。

其实没什么可认识的。他是我们的小学里的校长，他教过我们每个人，教我们地理课。他曾经用一根竹竿敲过我的头顶。我没感觉到他用力但是竹竿落在头上真的很硬。

二姐小学毕业那年要求考外乡镇的重点中学，校长不同意。结果二姐自己跑到那所中学报了名，竟然出人意料地考出了好成绩，而那些允许考重点的却名落孙山。

我不说话，无论他们说什么我都低着头看我的鞋子。我不知道那一天鞋子为什么背叛了我，然后我又背叛了我们的同盟。我的鞋子在那一天竟然破了，大脚趾伸出头来替我看一看新家。

一个眼镜哥哥说："妈，我带她买双鞋去吧！"他竟然叫妈妈了！

我们买了鞋子，我就开始对他笑了。不但笑了，还笑着对他说："谢谢哥哥！"他是大哥，跟大姐一个班的同学，已经是高中生了！二哥也上高中了，跟二姐也是同学。他们的爸爸，据说跟我们的爸爸也是同学。

我有了自己的房间，有了相对富裕的家。这是一个干干净净的小院，整洁的屋子。屋里的家具古香古色，这让我眩晕，我来到一个书香世家。

（二）读书

校长说话幽默风趣，我常常被他逗得放声大笑。每次他忘情地抚摩一下我的头顶时，我就很快躲开了！十二岁了，我上初中了，感觉不是一个小孩子了！

我用读书来拒绝他的亲近。这里的书真是海洋，至少在当时我是这样认为的。虽然以后以至现在我其实都没有真正的读过一些正宗的东西。

我用一年的时间把书桌上的小山翻看了一遍。因为这些小山的吸引，我从不做作业，那些作业好像是给别人布置的，它们与我无关。校长多次听班主任反映我的情况。有一天校长坐在我身边问我作业的事，我本能地离他远一些。

"不愿做就别做了，我女儿不做作业也是好女儿。"他说。我由衷地笑了，如果是我的生父，他可能要生气地骂我或是打我吧！他的善解人意让我感到一层深深的遗憾，他为什么不是我的爸爸呢？如果是的话，我会趴在他的肩膀上，我会亲昵地拽一下他的耳朵。可是对于他，我没有亲近他的那种冲动。有一种距离是那样遥远，这个距离就是血缘。

不过，我们五个孩子很快就是一个整体了。我们常常并排在大街上走着，我们扛着工具到地里瓜分地里的活。我坐在地头唱歌，他们一边说笑着就做完了。我们专拣偏僻的小路回家。那天二哥边走边自言自语："老舍说把劳动当作一种乐趣，原来就是这样！看咱们乡村多漂亮！"

"那我高中毕业就回家来，不考大学了，永远不离开这儿！"我一说完，他们都笑起来了。可是我确实怀念我们一起出游的日子。我总把我们的劳动当作出游。

桌子上的书，我读完了。柜子里的书，我一本还没动。那是他收藏的古书，我也读不懂。我就在家里浏览每天的报纸。我竟然梦想以后进入哪家报社去工作。

每天早晨起来大哥就朗诵古诗，他摇头晃脑的颇像古代的老学究。他后来考上师范大学的中文系。二哥起得很晚，他喜欢在床上读书。他读的多是世界名著，这要比那些古书更能吸引我的注意。只要是二哥读过的，我就一定要生吞活剥地读一遍。有时二哥跟我在院子里讲书到半夜，我简直是太崇拜他了。

除了读书之外，还有一些事情让我常常穿越时间回到从前。

那天放学后，我看见我的车子后应上绑了一棵石榴树。树的根用一个方便袋包裹着。我可以猜测那是庆子做的，因为他的家里就有一棵老大的石榴树。我把石榴树带回家，我真不知道庆子为什么送石榴树给我，是庆祝我的新家？

校长刨了一个很大的坑，浇了满满两桶水。边浇水边用铁锹和泥，直到有了半坑泥浆才把树放进去。"这叫泥浆法！"他说，"要想让它长成大树就得这样深挖坑，让它往深处扎根。"他是这方面的行家。

我的这棵树，它长得枝繁叶茂。它的花朵像火焰，果实常常咧着嘴大笑。后来我把这棵树身边的小树挖了送给男友，他不知道我送树的含义，如同当年庆子送我树的意思。我用树来回忆庆子，和一个曾经做过我父亲的人，同时还意味着我把自己送给他了。

不知道为什么会想起这些，这些都好像是多年前的梦境。即使现在我依然感觉恍如隔世。有些人走了，有些人死了，文字没有任何意义，我只能说文字就是记下一些存在，一些岁月的。

（三）噩梦

有些事本来应该永远沉睡下去的，可是一些梦境还会重来打搅我的睡眠。

冬天的晚自习下得很晚。学校离家只有四里路，我跟美美一前一后骑着车子回家。夜幕下我好像看见前面有个影子站在路中间晃悠。一种不祥的预感让我用力蹬了下车子，车子的忽然加速让黑影措手不及。他抓了我的车子但是没有抓住，他刚想再抓第二次的时候，美美的车子紧跟着就过来了。我用力地骑车，一种惊惧让我慌不择路。

忽然间，不知怎么就从车子上摔了下来。我的手碰到了一块大石头。石头？我的头脑迅速清醒了，美美呢？我不知道是去找人求救还是回去找美美。最终我还是骑车来到刚才的地方。美美的车子还在，她的衣服躺在路边，人却不见了。我扔掉车子大声喊："美美，你在哪儿？美美，你在哪儿？"

我握着那块石子往路边的地里找去，果然看见美美被拖到一棵树下。那个黑影好像并没有发现我，我用尽力气把石头向他头上砸去……

后来我反而什么都不知道了。我清醒过来的时候，庆子正用车子推着我往前走，美美在一旁哭哭啼啼地扶住我。我的头上在流血，很多很多的血，如果是白天我会吓晕过去。我知道真正受伤的是美美。我们不知该怎么处理。我们怎么办？

庆子说别给大人们说了，那混蛋他认识。他找几个人把他打一顿就行了。我原本就知道庆子不是天生就是大人眼中的坏孩子，他每次振臂一呼打群架都有他的正当理由。庆子每次都是在我需要他帮忙的时候出现的。我几乎认为他就是佐罗的化身了。

我们来到村里的卫生室，最糟糕的是，医生给我止血的时候我的眼前一黑，立即又晕了过去。这一次，连医生也手忙脚乱了。

我们遗传了父亲身上的许多东西，包括对一种止血药的过敏。这一次必须要惊动大人了。全家人都来到卫生室，美美哇地大声哭起来。

校长捉住庆子的手质问他，庆子绝口不提刚才发生的事情。有时大人们向小孩子隐瞒一些事，孩子也会向大人隐瞒一些事情的。

校长一直以为是庆子干的坏事，其实庆子来到的时候我刚被那个坏蛋用石头击中了头。那坏蛋看有人来就撒腿跑了。校长问哪个人都不能问出什么来，他就在屋里来回地走。

我再次醒过来了，我清醒地知道我不是最大的受害者，可是有些话我不敢说。就让它陈在肚子里吧！我忽然很想念我的父亲，看到眼前的这个父亲来来去去似乎也很焦灼，但我想我的爸爸或许会流泪吧！可是他不会！

我的头伏在妈妈的怀里，妈妈也会为我流泪。我不哭，我知道我不是最大的受害者。美美已经被庆子送回家。之后，每到放学，校长就到中学门口去迎我和美美。其实我更愿意跟庆子一块儿回家。庆子总是离我们远远的，因为他以前老是向校长挑战。

这样的日子也很快就结束了，因为校长忽然得了重病。直到六年后的一天，我在大学的校园里徜徉的时候，我被告知校长去世了。我的泪水从没有这样无声地淌过，我不知道他会不会在乎几个孩子叫他一声父亲。可是无论如何，我们都不会张口喊他一声爸爸的。我不能解释，那是不是归咎于血缘。他是最好的养父，但是有些感情永远无法替代。

我把这些记忆也当作一张张的黑白照片，每张照片上都有一张难忘的底片。日子不可复制，但是记忆的底片却可以时时拿出来晾晒。

缥缈的白玉兰

我总觉得山川万物自有灵性，所以走到哪里我都会留下哪怕对于一棵植物的情思与记忆。

大学，是记忆中最美好的时光了。我回一回头，泪水就落了下来。

昨夜最后的聚会仿佛还在眼前。满桌子的唏嘘，感叹。自伟感叹没有追求到自己爱慕的文子，他边喝酒边一个劲地哭。强一边拍着他的肩膀，一边安慰他："哥们，过去的就过去吧！回去后好好混混，比文子好的还多的是呢！"强自己把酒端了起来："哥们还有个心事谁知道？不说了。喝酒！"

我们用筷子敲着桌子，唱着歌。第一次看见男生们哭，我反而变得坚强起来。最后一杯酒一定要喝个痛快，否则就是情谊不够。这是键的说辞。我往常都算是豪饮的一族，可是激动时却一口难进。我知道，我如果喝下去，我会克制不住自己地放声大哭起来。

"你什么意思，别人都喝，你为什么不喝？"键说我不够意思。我没有话说，我一说话就会哭出来。键冲动地拍下桌子，"你不喝，我喝！"他抓过我手中的酒杯一饮而尽。强把键按了下去，键就趴在桌上哭了起来。

我只是没有当众哭泣的习惯。我从来都是以一个快乐的形象出现的。本来是一场最后的晚餐，最后反而不欢而散。

键把我送到车站。"回去吧！"我跟他挥一挥手。键是我最好的朋友。"记得联系，有事儿就说一声，不许硬撑着。"

我的泪水其实是最不争气的，刚才还笑着挥手，车一动就哭了起来。

我的大学就这样结束了。一个教授说，当你离开校园时回一回头吧！看看你的脚印，留下最后一瞥。一组组画面又重现在脑海：喧闹的宿舍，安静的图书馆，温馨的课堂，恬静的花园，纯洁的白玉兰花。非儿说白玉兰纯洁得像爱情。我想还应该有比爱情更纯洁的吧！

我从来就喜欢田园牧歌式的生活。当我到镇上的中学报到时，竟有一种回归母体的感觉。

学校占地面积很大，新式教学楼也分外气派。只是校园里种了太多的松树，整齐划一的有些像烈士陵园。学校的外面是一个小型超市，超市旁边是个电脑专卖店。

我住在单身宿舍里。家里的房子早就无人居住了，离学校又远，我竟然没有回去看过。妈妈现在跟姐姐住在城里，两个哥哥都在另外两个城市工作。我一个人成了真正的孤家寡人。

周六的宿舍里只剩下我一个人。百无聊赖之际，我来到校外的电脑专卖店。

"你好，老师！"一个姑娘给我打招呼。"要组装还是品牌机？"

我对电脑不是很专业，不过用来打消寂寞还是很不错的。"还是组装一台吧！"

"庆子哥！你来一下！"小姑娘大声叫里面的老板。

一个夹着香烟的中年男子走了出来。他的肩膀一抖一抖的，那走路的姿势很像一个我熟悉的人。他那黑红的脸膛挂着习惯的笑容。

"你是……"我们同时认出了对方。他怎么会是庆子呢？庆子走的那年，我十四岁，他十七岁。我以为庆子在我的生活里永远消失了。

"过得好吗？"他问我。

"我以为你不回来了呢！"

"我到北京好歹混完了初中就当兵了，后来在战友的帮助下就开了家电脑公司。就在城里，这个是刚刚开的分店。我看咱们镇上对电脑的需求量很高。"庆子俨然是一个商人了。

"你有什么需要我帮忙的一定要说。我从来都觉得我生来就是为了照顾你的。"庆子半开玩笑似的说。

"我倒希望呢！可我活得好好的。"我怅然地望着庆子，这个忽然消失又忽然出现的人。

"我结婚了，去年！媳妇这个月就要生了。我早知道我不能娶到你。看我现在说什么呢！你身上有种拒人之外的东西，但是那种东西又时时吸引我。你知道，我从小不跟妈妈在一起。"

"你妈妈好吗？"

"她再婚后生了两个妹妹。爸爸从来没让我们来往，或许妈妈确实把我这个儿子给忘了！"

"遗忘真是好东西，但是有些是永远忘不了的。"

"我到大学找过你，她们说你跟男朋友出去玩了，上了大学，哪有不交男朋友的？"

我长长地出了一口气。一个舍友的玩笑……

我也知道了我不能爱上任何一个人的原因，原来他一直深藏在我的记忆里。

第二天，庆子给我组装了一台电脑。同住的凤拍着手叫好。庆子装完电脑就回到了城里。他临走时给我留下了一张名片："有事一定告诉我好吗？"名片上还有用铅笔写的 qq 号码。

"我没多少时间，不过你要是闷了可以叫我的。"他说。

小凤一上电脑就疯，赖在电脑跟前就把我甩在一边。只有刘栋在场时才肯让我过一把瘾。

刘栋爱串门子，来的最多的地方就是我和小凤这间。他的女友在另一个城市教高中，只有在周六他才有机会骑着摩托跟女友见面。可是不过半年，女友就跟他泪别了。

刘栋喝了好多酒，跑到我们宿舍就大吐了起来。小凤一手拿杯子，一手为他捶背，眼里那种焦急和关心远远超过了女友。我就知道小凤的心了。小凤，你得等到他把另一个人全忘记了！

小凤终于有了心事："姐，她都跟他分手了，他怎么还那样？姐，我难过呀！"

"会过去的，时间一长，什么都忘了！"我好像在对自己说。

我买了一大堆书回来。"要做什么，姐？"

"学习，考试，找点事做！"

"工作了，还考，姐姐你不结婚了？"

"不结了，至少暂时不结了。"

"那考上又为了什么？"

"不为什么！人不学习就会空。空空的感受能体会吗？"

我跟庆子慢慢地画上了句号。庆子一再说有需要他的地方一定告诉他，他不知道吗？我最需要的就是找到他这样的男人。无论他接受多少教育，无论他有没有足以自豪的事业和身份，只要是他就行了。尤其是少年时代那个既冲动又腼腆的庆子。

庆子有一个完美的家。过了两年，小凤跟刘栋也有了完美的家。

大学里的键读研了。他来到我的学校，他说他还没找到女友呢！可以试试做他的女友吗？我很爽快地答应了，一如当年的豪爽。我有一个条件，就是他不要动不动就拍桌子。那样冲动就会使我想起庆子。我想我和庆子也许只是一种对亲情的期盼和相互吸引。我告诉自己那不是爱情，只是一种美好的怀念。

非儿爱上了一个漂泊的诗人，诗人不能给她一个安定的家。非儿在等待中专心于自己的工作。我不知道是不是白玉兰的纯洁过多地感染了她。许多时候，我们是不能强求无暇的，就像感情。还是把最纯洁的封存到记忆里吧！岁月会教人遗忘一切的。

——选自《泰山文艺》

第二辑

萌娃篇

谁是谁的老师

这里是一年级的孩子。

她忽然站起来打断我的讲课："报告老师，他老是扭我的屁股！"她用手指着坏坏的同桌，愤怒但并没有不好意思。我是成人，我想偷偷地笑，所有的孩子都没笑。他们还没有那种意识。假如在座的是孩子父母年龄的人，他们会放声大笑。假如告状的不是一个孩子，她不会说得那样具体，她会用尖利的嗓音喊他耍流氓。而那个坏坏的家伙可能被冠之以性骚扰的罪名。幸亏他们都是孩子，幸亏我及时憋住自己，我没笑。

他是个小小的帅哥，却喜欢在课下将班里最不起眼的灰姑娘背来背去。他说只是因为她最瘦最轻他跑的最快。可是成人的世界里为什么王子都对灰姑娘退避三舍？为什么最强大的总是要吃掉最弱小的呢！

他是极其可爱的小不点。他路过小胖妞的时候，小胖妞立即将他的小手抓在自己手里捏着。我只能想到"两小无猜"四个字。我能像个孩子一样，随时随地把自己心爱的人攥在手心里吗？而且周围的人全不以异样的眼光看我，尤其在婚姻之外？

　　她看了他的斑斑劣迹之后说了一句绝对震惊的话："看他长得那么帅，我还想着长大以后嫁给他呢！算了，以后再考虑这件事吧！"我们能像孩子这样果断的下决定吗？能够轻易的决定爱或不爱，在一起或者分手吗？

　　我大声领读诗歌时他忽然跑上讲台问我："老师老师，我不认识这个字！"他们在没有认字以前是一个小文盲，而且从不以无知为耻。你能在大庭广众之下说出自己的无知无能吗？你能勇敢的走到前面对那个满纸荒唐的报告说出一派胡言那四个字吗？我们没有孩子们的勇气。

　　我是刚刚走进一年级的老师，我有时竟不知道到底谁是谁的老师。

——选自《读者原创版》

稚语如诗

刚刚装修了房子，四岁的远远来到我家。

"姨姨，你家的房子瘦了！"

奥，是吗？远远的"瘦"字多么可爱！我还以为只有李清照的词里有这个字呢！

妈妈问依依，幼儿园好不好啊？

依依回答，好什么呀！屁股一样大！

大人们啊！一说大就想起了天空海洋，说小就想起了针眼儿！

涵涵的生日快到了，爸爸还没有回来的电话。妈妈问："爸爸不回来怎么办？"

涵涵说："妈妈，看到这条路上的树了吗？每一棵树上的每一片叶子都有我的一滴眼泪。"

涵涵是个杰出的抒情诗人。

我对浩浩说，今晚别回家了！在阿姨家里住一天。

浩浩说："不行，爸爸不在家，妈妈一个人害怕！"

原来，浩浩是妈妈心中的男子汉，可以保护妈妈了！

路上遇见好友，好友的儿子说："姨，你瘦了！"

好感动啊！一个小孩子能看出我的变化！大人们哪有那么多时间去发现？

稚语如诗，我细细品读。

——选自《读者原创版》

萌小弟速写

"萌小弟"忙着长大，我几乎跟不上他的步伐，只好匆匆忙忙来勾勒几笔。

早晨该起床了，"萌小弟"还在赖床。他喜欢蜷着身子缩成虾米的样子，还时不时伸个懒腰，据说伸懒腰多了，那是在神长，我相信这个，因为他的身体总是长得很快。

"喂，萌小弟，你昨天起床太晚，总是扯我的后腿，让我上班迟到了一分钟！"我拉开被子的时候，虾米蜷缩的幅度更大了。

"萌小弟"问我："妈妈，你的后腿在哪里，你指给我看呀？"

我真不知道此时的他是真萌还是搞笑。然后他补充道："人是没有后腿的，也没有前腿。"

我们叫他"萌小弟"是在他还不认识字的时候穿了一件写着"我是萌小弟"的文化衫。他穿着这件蓝色的衣服到处招摇，谁见了他都会叫他一声"萌小弟"。他觉得非常奇怪，为什么所有的人都这样叫他？我只觉得这样很可爱，直到他走进小学的大门，写下了人生中前三个大字"一、二、三"后，我才发现他的"萌"从来不是吹出来的，这三个大字加起来正好是六根弯弯曲曲的蚯蚓。他写的"鸟"，像是亲自养活的一只"始祖鸟"，那不是写字，而是在画画。

"萌小弟"没有上识字班，在幼儿园也没有学过文化，而我也很少陪他读故事，讲故事。他是看着电视和动画长大的。他几乎不认识一个字。可是他认识天上的云彩，也会看天空的星星，还知道月亮在晚上什么时候出来，最喜欢看朝霞和夕阳。他会问我，上下五千年，为什么都在打仗？皇帝的孩子为什么都在残杀？项羽和刘邦谁更厉害？韩信为什么会被杀死？他是一张还没有被文化熏染的白纸，浑身上下透着灵气。我相信不久的将来，这些灵气随着文化的加深和年龄的增长会渐渐消失的。

我也相信真正的艺术家，他们的白纸都会泛黄的。我儿子这张白纸，渐渐被他写上了弯弯曲曲，歪歪扭扭，甲骨文般的文字。他的握笔的手，像握着一根稻草，像握着一根折过一次的牛奶吸管，即使我拖着扫把都比他写的像样。当然，我是成人，不能跟一个孩子去比，但是我可以带他穿越到我的童年，看我写字时的样子。我坐得端端正正，握笔姿势完美标准。老师常常拿着我的作业本给小伙伴们看，我是他们当之无愧的楷模。要是再往上穿越，就到了他外公生活的时代，外公的字更是绝佳。我们的字，果真是一代不如一代了？难道是因为从毛笔，转为硬笔，又转为键盘的方式？

为此，我常常盯着他一笔一划，规规矩矩地写字。我还要让他张口读出来，边读边写。但他常常抿着嘴不说话，我生气地扒开他的嘴，原来口中全是红彤彤的石榴籽。他放学后的第一件事从来不是打开课本做作业，而是掰开石榴捂一口石榴籽在嘴里，边写边品石榴的酸甜。如果他写过的字也能发芽，估计石榴树都结了无数果子了。

写字感觉一代不如一代，可是颜值越来越高了。萌小弟长了两条大长腿，整个人瘦长高挑还特别爱美。他的鼻梁高挺，没有了我小时候的困惑。我小时候总觉得自己的鼻子不好看，特别在意别人对我长相的关注，直到后来才发现外国人都长这样的鼻子也就释然了。可是一直以来的内向性格并没有改变，这也许从遗传学上直接影响到了萌小弟。他在公众场合很少说话，别人跟他谈话的时候，他仿佛也不跟别人在一个频道上。我知道，他不是不会表达，是他的脑子已经跳跃到了下一步上。久而久之，你以为他跟不上你的思路，其实他的脑子已经飞跃的更远。

萌小弟从零开始了他的学习生活。看起来，他的同龄人比他伶俐、通透多了。只有我知道，他依然在飞速前进。只是因为之前的欠缺太多，眼前的东西让他目不暇接。这样不出色的萌小弟，我们全家依然爱他。只是我的爱，有点急躁，有点武断，有时候说的太多，说的太快，他跟不上，也做不到。

我做了他的老师，那一次声带发炎，下课后他立即把水端给我说，妈妈，你喝水！是的，他长大了，变成了善解人意的萌小弟。

萌小弟的将来，我不要求他总是走在别人的前面，我希望他即使走在别人的后面，也能感受到生命的美好，用一颗安静纯净的心感受清风明月。希望他即使事事不如人，也能够在浮躁的尘世上安然地生活。你可以没有伟大的力量，但一定要有一颗万分强大的内心。

——选自《泰山晚报 今日新泰》

长大的标志

2023 年的第一天，是一个很惊艳的日子。上初一的女儿忽然对我说，妈妈，今晚你不要动啊！坐着玩儿就行，看手机看电视也可以，要不就检查弟弟的作业，今晚包饺子我全活儿了。

我以为她闹着玩呢，没想到说干就干，拿来面盆就蹲下来和面。她将盆子放在地上，说这样稳当，面盆不会掉。弟弟在一旁伺候她加水或者加面，一会儿水多了要加面，一会儿面多了又要加水。弟弟在一旁不耐烦了，便去厨房剁馅子。女儿的面和完的时候，儿子的馅子也弄好了。我看了下菜板上的馅子，他剁得很碎，平摊在板子上竟然是规规整整的长方形。我问他是不是用尺子量好的，这么规则？他咧开嘴不好意思地笑了。

女儿坐在面板前，她把我支得远远的，说你们看看我能不能一个人擀皮一个人包，你们以后尽管吃现成的了。我说我不是不相信你的能力，我是怕浪费你的时间。她每天都有自己的学习计划，年三十和初一也没落下。

　　我来来回回走了几趟，发现她干活麻利远胜于我呀！擀皮的时候数着个数，数到二十张就停下来包饺子。二十个饺子包完后再继续擀皮。她知道擀皮时间长了手会累，换成包饺子好像休息一样，正所谓"文武之道，一张一弛"。不知道她包了几个二十，反正我们下了两锅饺子，全是出自她手。我估量着一盘饺子大约二十个，四口人有八十个就可以了。虽然看起来劳动量很大，只要将大目标分成一个个小目标，就很快完成了。

　　晚饭后女儿开始谋划上高一的事情。现在刚上初一呢，看起来有点早了。她说教材要备两份，家里一份，学校里一份，如果在学校里遇见实在不会的，可以与我视频，在哪一章哪一节，让我讲解。我压力好大呀！她长大了，我觉得自己都还幼稚着呢。

　　每个孩子的长大好像是一瞬间的事情，有谁知道这期间包含着父母多少心血？当她有一天成了"别人家的孩子"我们的付出终于有了**收获**。慢慢等待吧，这一天说来就来了。

　　——选自《德州晚报　家长课堂》

孩子，你的窗外有什么

白天，琛琛把头慢慢地抬起来，她要把窗外的世界看个遍！

你的窗外有什么？在我的眼里，不过是不断重复着的楼群。现在，天空中连一只飞鸟都没有，你是不是只贪恋那一片深广的蓝？远方的天空，也没有一丝白云悠然地飘过，难道只是喜欢那广袤无垠的静止？

你的窗外有什么？只能看到低处的街道。街道多像一部流动的电影啊！有不同的人在行走他们的人生。有踽踽独行的老人，背着书包上学放学的小学生，还有叫卖的小商贩，匆匆骑车上下班的年轻人。这些，你百看不厌，你本来就怀有一种观者的心态，小小的婴儿，异乎平静的超然物外。

你还不过五十天，已经要求竖起来抱了，这样，外面的世界便了然于心。无论有什么样的车辆驶过，你的小脸都兴奋异常。听到车喇叭的响声，你还要手舞足蹈，洋溢着无限的快乐。有许多东西是你没有见过的，你是多么幸福啊，因为你不断地在接受新奇的东西。每一样新鲜的东西都让你沉醉，人类天生的求知欲便是如此了。

而你眼中的那些，从什么时候起将变得平常？当这些再也没有新鲜感了，你是不是也像所有人一样变得麻木？生活平静的像水，没有一丝跃动的波澜。

孩子，你的窗外有什么？我的窗外是安之若素，你的窗外有无限的世界。

——2011 年《孩子》卷首语

晚上九点以后，女儿打了个呵欠，开始研究数学题。

"妈妈，什么是质数，什么是合数？"

我把书上的定义指给她看。

看完之后，她继续问我："妈妈，什么是质数，什么是合数？书上写的，我还是不明白。"

可是我觉得书上写的已经是很清楚了。我来打个比方，质数只有两个孩子，就是"1"和它本身。合数有三个或三个以上的孩子。

"那，妈妈，质数是奇数还是偶数？合数是奇数还是偶数啊？奇数是质数还是合数？偶数是质数数还是合数啊？"

我告诉她，它们不是一个类别，不能简单去下结论，就好比质数与合数是水果类，奇数与偶数是豆角类，他们分类的依据不同。

我不知道她听明白了没有，只觉得她的眼睛迷茫，仿佛一下子变大了的头在我眼前晃来晃去。她又开始重复问我："妈妈，那质数是什么样的，合数是什么样的？"

我感觉她又进入了重复询问的怪圈。只要是不会的问题，除非自己想明白，别人怎么解释都进入不了她的脑袋。

她问的数字是什么样的，难道这些数字都是有模样的吗？孩子的思维，尤其是女孩的思维一定还停留在形象思维的阶段，仿佛逻辑思维还没有跟上来。我把前20个数字一一举例，哪个数字有多个孩子，哪个数字只有两个孩子。一至二十进行了排队，质数在一排，合数在二排。这样看起来，质数里有奇数也有"2"这个偶数。合数里既有奇数也有偶数。我再次解释，感觉已经很清晰，也几乎被我自己的详尽解答感动了。

直到11点钟，她还是不舍得睡觉，非要把数学题整明白。我继续打比方，就像用水来浇花，第一杯水只湿到了土壤的表面，第二杯水到达了土壤的深层，第三杯水才到达根部。你今天才被浇了第一杯水，学习的领悟要有一个过程，慢慢来吧孩子。

我把她推进卧室，正要给她关灯，看到她正躺在床上，向上蜷曲着腿脱裤子，校服裤褪到膝盖便不动了。我推了推她，发现她早就睡着了。她太累了，睡着的时间，裤子来不及到达脚踝。

第二天，我对她说，你昨晚睡成了一座雕塑，两个膝盖撑着裤腰就见周公去了。周公不嫌弃你衣衫不整吗？女儿边吃边笑，吃一口吐一口说："那是我吗，妈妈？我真的睡成了一座雕塑？"她已经被自己笑得吃不下饭了。

第三天，是的，作为这个地球上的人类，我和你，跟所有人，白天过得很累，晚上几乎都会睡成一座雕塑。但是，睡成一座雕塑难道不是很幸福的吗？

第四天，又过了几天，女儿高兴地告诉我说："妈妈，我知道什么是质数与合数了！"

——选自《今日新泰》

我爱的你是金色的

这天早晨我穿了一件红色的上衣。

我去给儿子送语文课本，他又忘到家里了。往常的时候，我总是从后门进去，他个子高，坐在后面，我找他倒也方便。

上课铃还没有响，这次，我从前门走进教室，并没有走到他的跟前，而是站在靠近门口的地方，笑眯眯地晃动着手里的课本。我没有叫他的名字，相信他一抬头看见我就会有惊喜。果然，我晃了几下就引起了他的注意，他飞快地跑过来，接过我手里的书，而且让我蹲下来，双手搂着我的脖子，在我的脸颊上亲了两口。他的同学们都笑了，但他不觉得不好意思，虽然他一向腼腆，也不善于表现自己。往常我总是穿一身黑，然后从后面突然拍一下他的肩膀，接着批评他丢三落四，让他很惭愧。

走出教室，我才感觉以前的做法都是不妥当的。我总是让他意识到自己错了，却从不让他感觉到妈妈关心他爱他。指责，往往让他失去自信。当我在前门进去，虽然离他很远，但这长一点的奔跑更拉长了那幸福的瞬间。

这期间，我什么话都没有说，可他却异常兴奋。他也没有说一声谢谢，可肢体语言胜过一切言语。儿子是一个内向、敏感而细腻的人。他喜欢静静地看同龄人玩闹，不参与，不反对。看着别人也饶有兴趣。他有时跟大人们谈天，当大人们静下心来专心听他演讲的时候，他又表现出儿童的羞涩。有时我觉得他是成熟的，但大部分时间是幼稚的。他胆怯又好动，爱思考又有一分执拗。

有时，我又觉得儿子是来拯救我的。他让我在脆弱的时候给他施于慈母的关怀，让我知道再无助的人也有保护别人的时候。你对整个世界来说是渺小的，在另一个人眼里却是无边的慈爱。

送书的前一天夜晚，我做了一个很焦虑的梦，梦中有个人坐在我的对面质问我。他没有礼貌地问我不愿意回答的问题。我的身体感觉虚弱到极点，而心理上却异常激烈。正当我纠结万分的时候，儿子忽然闯进了卧室，喊着妈妈，妈妈。然后，我从梦中苏醒。这是刚刚与儿子分床的夜晚，儿子半夜里醒来有些害怕。他那么需要我，而我却一直因自己无助感而自卑。我能做什么，我还能做什么？原来我是重要的，是有人需要我的。

早晨起来后我聊起儿子的胆怯，儿子说他不可能跑到我的卧室里来，一定是爸爸抱被子的时候不小心把他卷到被子里了。我为他笨拙而可爱的掩饰逗笑了。我感到一个人找到了自己的位置是幸运的。一个人被需要也是幸福的。第二天早晨，我便找出那件红色的上衣穿上，又给儿子去送书。

儿子喜欢红色，而我却常常穿着黑色的衣服。偶尔看到了街上走着的一对母女。女儿还是蹦蹦跳跳的孩子，却与妈妈一起穿着黑色的亲子装。我的心里一沉，我们的孩子能够整日沉浸在这无边的黑色吗？他们的眼里应该有更多的颜色。黄色，浅蓝，粉红，都是儿童的颜色。大人的衣着，总是不自觉地会影响到孩子的性格，大人的言语和行动也总会影响到孩子的一生。无论你处在什么样的境遇，过着什么样的生活，我们不要将成人的一切强加给孩子。

我希望儿子是一个全新的我，是不一样的我，是自信满满的我，而不是我的重复，不是复制的我，不是幼时的我，不是中年的我，不是欢乐时的我，也不是偶尔忧郁时的我。我希望他所有的一切都不像我。孩子，我爱着的你是金色的，像一朵金色花，也像金色的阳光。

——选自《今日新泰》

不锈的钢铁

有一天晚上，我梦见了十字架上的耶稣。他被钉在墙上，却没有一丝痛苦。我不知道，这是不是传说中的胎梦，那一年，我有了一对可爱的儿女。从这天开始，我也被钉在了爱的十字架上。

孩子，这些年，你们最初的笑脸，已经淡漠了，就留给相机去记忆吧！我所记住的，都是那些焦灼的日子，那些生病的夜晚，那些不眠不休的医院里的时光。

有一种病毒，它让孩子的口腔长满水泡，然后溃破，疼痛，感染，直至有生命危险。它灼烧着稚嫩柔弱的肌体，无法进水，进食。女儿，奶奶和爸爸已经陪你住进了医院。儿子，你就与我待在家里，度过这几天难捱的日子吧。

那时，我在厨房里做饭，第一次把你放进座椅。你还不会坐，好奇地摸遍了每一根竹篾。可是，妈妈还没有做完，你的口水就流下来，胸前湿了一大片。我不知道你已经长了水泡，那些口水正是生病的症状。

你哭一声，我回头看一下你，你看见了妈妈，就又用手摸身边的竹椅了。

我把饭端上来，你的眼睛亮亮的，我知道，你的小肚子已经饿了。你贪婪地看着桌上的食物，当一调羹食物放进口中时，你哇地一声哭了起来。孩子，你已经无法吃东西了？

我带你进了百里之外的儿童医院，那是你姐姐也在住院的地方。医生说，你还在早期预防阶段，最好不要在医院治疗，这是病毒聚集地，不如回家休养。我带回来各种各样的药片，颗粒，与你一起日夜对抗病毒。你每隔两小时，退下的烧却又重新燃起来。你不喝水，不吃东西，可是你还饿着。你哭着，只是哭，哭累了再睡，睡醒了再哭。我只能为你降温，做着无济于事却必须要做的事情。后来，你已经无法入睡了，让我抱着，但抱着也还是疼。

儿子，我已经不能放下你去烧水，做饭，已经不能自己去端一杯水润润喉咙。连我的眼睛也干涩，哪怕一滴泪水都没有。而你日日夜夜地哭，楼下的嫂子，你的两个娘娘听见了哭声过来看你。可你只是哭，谁也不看，谁也不找。你以为只要妈妈抱着就不疼了，可是妈妈不吃不睡也不能缓解你的病痛啊。孩子，我与你一样，其实早就不能喝下一滴水了。嫂子给我带来了自己烙的油饼，可是我已经咽不下任何东西。孩子，妈妈陪着你五天五夜不眠不休，也已经是一个病人了。

当我们再也控制不住病情，我们也来到了医院。这个时候，你的姐姐已经出院，而我们刚刚进去。你的爸爸和奶奶又要回家照顾姐姐，咱们一家人，继续分开两地。

入院那天，你只是哭，除了哭，你不知道怎样才能缓解你的恐惧和疼痛。我抱着你输液，病房里有睡觉的孩子，你的哭声打扰了别人的睡眠。有个黑脸膛的陌生奶奶为你举着瓶子在楼道里走，我们来来回回地走，可是你一声也不停，好像整个医院就只有你一个人在哭。我抱着你，就这样抱了五个小时，后来，你姨妈下班来看我们，她要替我抱抱你，你哭得更加厉害，你姨妈只是心疼我而骂你。当输液完毕，放下睡着了的你，我的胳膊已经成了弯曲的形状，几天都不能伸直。这些都没什么，我只是想着你能渐渐地好起来。我自己已经失去了存在。我只是来守护你的人，在我的生命里，孩子，你是我生命的主角。

第二天，你已经不哭了，因为药物已经止住了疼痛。你开始扶着床沿走路，一步一步地走。那个好心的奶奶喜欢看着你玩儿，她有自己的孙子在旁边却一直照顾着你。她们很好奇，为什么只有我一个人带着孩子。她们会不会以为我是一个单亲妈妈？有时我去洗手间，我不敢把你一个人放在病房里。我害怕那些偷孩子的人会把你突然抱走。于是我只好抱着你去洗手间，把你放在地上，你站得还不稳，只好两只手扶着墙，好奇地看着我。

有时候早晨起来，我端着盆子去洗漱，你还在睡着，我会一步三回头地看看病房的门口，是否有个人悄悄抱了孩子往外走。以往电视上偷孩子的镜头总是浮现在脑海。我回头之际，发现了很多人在看我，他们越是看我，我越是回头看病房。有一个大姐看着我，好奇地问："妹妹，你的裙子是哪里买来的？怎么前后长短不一样？"我拉了拉裙子，原来匆忙之际，有一角还没抻出来，夹在了腰上。"嗯，这是我带孩子去超市时买的太阳裙！""哦，挺漂亮的！"她善意的提醒避免了我的尴尬。

每天上午输液，下午，我会抱你出去玩儿。那天，我抱着你一直往前走。我想走到夜市上为你买一顶帽子。刚进夜市，我发现天好像要下雨了，于是，我们叫了一辆出租车，慌慌忙忙地往回赶。一进医院，我听见两个女孩在大厅里哭。一楼是急救中心，每天都有从里面推出来的尸体。那天，我看见两个中学生伏在那个小小的尸体上哭。一种好奇让我不自觉地看了一眼，我忘记了脚有没有靠近，一种不安和惋惜迅速占据了我的心。这是谁家的孩子？他的妈妈得有多伤心，在没有成年的时候就死去？猛地，一个声音惊醒了我。"闺女，不要离太近！"那是楼梯口的一位老妇人。她拄着棍子，正目光炯炯地看着我。"抱着孩子，不要靠近不干净的东西！"我对她说，奶奶呀，你吓我一跳，我不过去的，可是我得上楼，必须得经过。我按下惊慌不已的心脏，也怕看见楼梯口老妇人直直看我的眼睛，改乘电梯上了二楼。

之后，每到夜里一点钟，儿子，你就开始哭，莫名地哭，眼睛直直地什么都不看，直到病愈出院后，每天晚上的那个时间，你就开始哭泣，我一直抱着你，要持续两个小时。你怕躺在床上，用手指着客厅，在客厅里，你让我抱着你走来走去。这样过了几个夜晚后，有经验的老人说你受到了惊吓。我不知道是不是因为那个下午，那个小小的躺下来的身体。我只知道我的惊魂一闪，不知道你也受到了惊吓。那个小小的人，那个横死在车轮下，不能安居的小小的灵魂，连我一点点的怜悯与好奇都不放过吗？

孩子，你为什么那么神奇，让我短时间内由一个无神论者变成了敬仰鬼神的人。你可以让我放弃信仰，也可以让我轻而易举地改变信仰。只要这个信仰是围着你而转的，我就坚定不移。我找来外省的邮票，我们家里从来不缺外省的邮票，妈妈是个业余作者，常常有刊物从远方寄来。孩子，我也为你们而写作，让你们的成长都记在我的笔下，让你们的每个瞬间都在妈妈的笔下发芽。她不是整日围着围裙的家庭主妇，她还是一个与书和写作打了多年交道的码字人。可是说这个有些远了，什么都不如你们健康快乐更重要。

我拿了一个信封，剪下邮票。夜深人静的时候，我打开房门，在你的床头点燃了那张邮票。那一张小小的邮票，点燃时却是满屋子火纸的芳香。我连喊三声你的名字，然后喊着，跟爸爸妈妈回家了。这个让人屡试不爽的经验在我们家却进行了三次。第三个夜晚，当我喊完，儿子，你伸了伸懒腰，长出了一口气，翻了一下身，美美地睡了。此时，我已经吓得后背发凉。难道儿子的魂魄，真的掉在了外面？从那以后，你再也不在固定的时间哭了。

　　孩子，有了你们之后，我放下了那么多原先属于我的东西。那握笔的手放下了，那手要抱着你，要为你冲奶粉，洗尿片；把睡眠放下了，要不失时机地在每一次醒来时摸摸你的鼻息；把健康放下了，你病了的时候，太阳可以落下，月亮可以隐去，只有我，我不是我，我是不眠的钢铁，始终不渝地守护着你们；把青春放下了，我铅华尽洗，留清新自然于你们。孩子，你们渐渐长大，妈妈却以双倍的速度老去。那脆弱和坚强的是妈妈，那柔韧又坚硬的是妈妈，那个怯懦又勇敢的还是妈妈。

　　可是无论衰老，无论病痛，无论遇见多少不可知的一切，孩子，在你们面前，妈妈都是不锈的钢铁。

哼哼

我刚坐下来，感觉长发被拉痛了，回头一看，是桐桐。

桐桐是个天使，精通天国里的所有语言：阿，哎，呀，哈，吧，哼哼。

此时的桐桐挥舞着小胳膊大喊：啊，啊，啊！我知道他欢迎小姨的到来，正忽闪着大眼睛辨认呢！这是小姨吧，是吧，是吧，一定是吧！不过我只听他说吧，吧，吧。

他用小手指一勾，我的眼镜就落下来了。是不是戴眼镜的小姨不漂亮？我刚抱起他，他就把自己的小拳头伸到我嘴里。小姨，吃我一拳！是不是小姨的嘴笑得太大了？

桐桐开始对一截黄瓜棒着迷，两只手像捧着宝贝一样往嘴里送。我把耳朵贴在他的小脸上。呀！桐桐在嚼黄瓜。吱啦，吱啦，橡锯子在锯木头，像手在塑料上滑过去。桐桐在磨牙，牙还在肉里没探出头来。他好性急呀！一定要吃点什么才能把牙引诱出来！桐桐的姐姐也凑过来听，吱啦，吱啦，声音好怪，从没有听过牙花子与黄瓜皮摩擦的声音。

桐桐开始制造音乐啦！

桐桐的大眼睛密切注视着走来走去的大人们。无论是不是过来抱他的，他都要挥舞着小手，调动起小脸上所有天真可爱的神情来打招呼。哎，哎，哎。他有着一双又圆又大的眼睛，瞳仁里的清水能洗去每个大人脸上的风尘。大人抱他一下，逗他几声，似乎整个身体和心灵都被他洗干净了。

天国里原本就是水的天堂。在水里，桐桐变回了一条扑棱扑棱的小鱼儿。两只小手在水里拍打，边拍边注视着旁边的大人，想要与别人共同分享这种快乐啊！银亮的手镯子在空中划两条银色的弧线。他可没时间欣赏自己优美的舞姿。跳自己的舞，让别人去看吧！手落下的地方是镯子拍击的啪啪声，一种兴奋让他忽略了一双大手在他身上的搓洗、啊！洗澡真是世界上最快乐的事情！哈，哈，哈！他的嘴里重复着一个字的快乐，这种快乐简直太简单了。

桐桐吃饱后就不再贪食了。无论往他小嘴里塞多少东西，他都会张大了嘴，把咀嚼完了的食物吐出来。他吐的时候总是要做个鬼脸，下巴下拉，舌头全伸出来，像是在说，看呀，我吃饱了呀！不过，我们只听他重复那句话，呀，呀，呀！

桐桐只有在妈妈跟前才说哼哼。这声哼哼很长，时而伴着撒娇时的哭腔。只要他一哼哼，妈妈就知道他要吃奶了。他吃奶时也不停地哼哼，不过是欲望满足后的哼哼。他的小手不停地往上掀妈妈的衣襟，妈妈越是往下拉，他越是掀得高兴。桐桐吃奶的时候毫不避讳，并不让身边的众爱卿退下，一丝的羞耻感都没有。他在享受这个世界上最美好的食物，遗憾的是，当他一天天长大后，这种味道却永远地忘记了。

我约了人

女儿问她的生日是哪一天，我说星期六。

于是，他拿了爷爷的手机给亲友打电话。女儿说：星期六是我和弟弟的生日，我要开一个生日派对，请你到时候参加，也请你把这个消息传达给下一个人，我要邀请所有认识的人来参加我的生日宴会。

当我听到她打电话的内容时，她已经下完了所有的通知。

第一个来庆祝生日的人是幼儿园的小朋友彤彤。彤彤是周五的中午来的，因为女儿在周五上午告诉了他。彤彤带来了一个很大很大的香蕉，一进门就对女儿说："祝你生日快乐！"女儿高兴地拿出所有的玩具招待他。彤彤在我家吃了饭，他们三人一起玩游戏，看电视，快乐极了。

周六这天下起了雨，我们全家都没有出门。女儿约的人也没有来，她很失望。我告诉她，大人们忙着上班，一般不会随随便便造访的。可是，女儿说，今天是我们的生日呀，这难道不是大事吗？我答应她周日可以补生日。我问她，我们家六口人围在一起就满满一桌，为什么非要请一大屋子人？女儿说那样多好，多热闹啊！

周日的上午，女儿要去学半天绘画。中午十二点，我去接她回家，看见我，女儿兴奋地问我："妈妈，生日宴会开始了吗？"我说没有呢，没有呢！她的想象应该跟电视上一样，所有的人聚在一起，等着她这个小公主回来吹蜡烛。可是回家一看，只有两个小表姐和姑姑来给她庆祝生日了，可是，桌子上什么都没有，一切才刚刚开始准备。

姑姑给她买了一件漂亮的外套，尺寸稍微大了一些。她埋怨道："怎么不给我买一件合适的呢？"她又看看臭弟弟都没有礼物，就不再计较了。女儿四处找蛋糕，哪有蛋糕的影子？因为儿子在咳嗽，医生不让吃任何甜东西，所以蛋糕一直不敢让他看见，我们总想着忽略掉这个问题，可是女儿从不回避这个问题，一直打听蛋糕的下落。我悄悄告诉她，我可以让她悄悄实现自己的梦想，但是要等到下周一了。

周一的下午，女儿放学后找到我，我在蛋糕房给她买了一块小小的蛋糕，她高兴地跳来跳去，几乎把蛋糕都弄撒了。这个生日就这样过完了，女儿终于吃到了蛋糕，也有了生日礼物，唯一遗憾的是来的人太少了，她是一个喜欢排场，以自我为中心，喜欢凡事做得最棒的人。她在我的学校里看宣传栏，一定要找到我的照片，可是里面里面没有我的照片，她就要回来审问我，为什么为什么为什么没有你的照片，他们都比你好吗？女儿，你不懂，妈妈的人生观跟你截然不同，凡事可以争的，妈妈都不去与人争，凡事别人不屑于的，而妈妈喜欢的就竭力去做。妈妈不喜欢抛头露面，而你却喜欢在公开的场合去表现自己。我不去否定你，不去支持你，也不去批判你，你的性格与我互补，我也不想把我的观点强加于你。

女儿，你怎么会知道人微言轻的道理？你那么小，怎么会邀请到远方的客人？就像妈妈一样，也是一个社会上微不足道的小人物。即使在一个很小很小的地方，一个很小很小的单位，妈妈也是里面最最平凡的一个人。有些话，我们说了是不能起到任何作用的。因此，妈妈渐渐地什么话都不说，因为说了也是浪费自己的时间，自己的精力，自己的感情。于是，妈妈会静静地上完课，悄悄地守住自己尚且宁静的心灵。

我看见过很多人，他们曾经不可一世，高大的嗓门颐指气使。可是几年后，或者被病痛折磨，不久于人世，或者丢官弃职，狼狈不堪，还有的退休后不受任何人待见。想想当初的骄傲，一切都是一场梦幻。

女儿，我们的地位可以卑微，但灵魂是高贵的。一些拥有金钱的人，金钱可能让人孤独，怕别人抢走了他们。一些拥有地位的人，地位也可能让他们痛苦，因为要维护自己的地位，可能要做出很多违背自己心意的事情。

女儿，说这些都尚早啊！"树上的柿子数你红"，我不想让你做最红的那一个，但你执意要做，妈妈真没有办法改变你的心性。只希望在若干年后，你的梦想能够实现。当你再打个电话约人的时候，呼啦啦都围拢在一起，女儿，你那时该高兴了。能够实现自己的愿望，这是对人最大的祝福。爱你就要满足你大大小小的愿望，即使有些愿望不合理，可是，因为父母爱你，打个折扣也要去替你去实现。这个生日，我觉得送你蛋糕的这个小朋友给你带来了最大的快乐。因为快乐从不因为年龄、身份和地位而打折扣，快乐就是最单纯，最美好的礼物。

女儿，若干年后，妈妈可能白发鬓鬓，双手和脸都布满了皱纹。可是看你实现了愿望依然欣喜。然而，当妈妈的青春不在，生命即将消逝，你的愿望实现后是不是依然有小时候的惊喜？

女儿，生命的过程会让你了解更多。你所顿悟的都需要时间来完成。

深刻的皱纹，斑斑的白发都是我们人类渐渐成长的代价。你可以与任何人竞争，与任何事情抗争，但你斗不过岁月这把刻刀，总有一天，你也会老去。生命就是这样的。一个生日在生命的长河中，真的不算是什么。一切仪式都显得那么虚幻和轻盈。

  ——选自《泰山文艺》

第三辑

自然篇

我的杨树

我读杨树，杨树观我

窗外的一排杨树，是我的杨树。

一丝风也没有。杨树和它的叶子静默在天空里。我的眼神落在一个小小的树梢。我发现每个树梢竟然都在悄悄地颤动，那种微妙只有屏息凝神才可发觉。

它们在动，在静止里做着小小的挥洒。

有一片叶子晃了起来，它舞之蹈之，忘乎所以。又有远处的一片叶子相呼应，它以同样的节律做着欢快的摆动。我只看见了这两片晃动的叶子，在这一排杨树里，只有这两片像碧绿的眼波，像古诗里的对仗，像宋词里长短句的错落。

而其他的叶子看起来依然静止。我喜欢那两片先动起来的叶子，喜欢那微微抖动的树梢。我看见了一棵树的舞蹈。它们一直在原地起舞，无风时晃一晃明亮的眼波，有风时便扭一下硬硬的腰肢。

正午，杨树的每一片叶子都晃动着，闪着太阳明亮的光芒。

哗啦啦，哗啦啦。我相信每一片叶子都是杨树的一颗心脏。每一片叶子都像是打了白蜡，那样刚硬和结实。

傍晚，落日的余晖照亮了杨树边缘的叶子。我看见叶子上有一个个红彤彤的小脸，闪耀着，兴奋着，张扬着。给我阳光！给我阳光！叶子纷纷攘攘，簇拥着，争抢着去承受阳光的沐浴。

得到垂怜的叶子开始拍手。用一片响亮的叶子去拍打另一片响亮的叶子。哗啦啦，哗啦啦。杨树是最喜欢唱歌的一种树。声音最洪亮，情绪最激扬。

看到我的杨树，我常常畏惧秋雨的到来。一夜的秋雨，杨树定然让落叶铺满了脚跟。飒飒西风，我会猜想那些飘落的叶子，最先掉落的是外面的，还是里面的，是上面的树梢还是下面的春天最早冒出的往昔嫩芽？或者，叶子的掉落跟它们的位置全无关系？

在秋风里荡气回肠的叶子，它们缓缓飘落的姿态写满了对杨树的依恋。眷恋，也是秋日的一种静美吧。

此时正值九月，我没有看到任何一片泛黄的叶子。叶子正墨绿，像一个强壮的中年人。树一直站在我的窗前，绿色的叶子恰好给我的窗户镶了一道绿色的屏障，那样坚实，那样备受眼睛的青睐。我还以为它是我永远的铜墙铁壁呢，我还梦想着它会持久地绿下去呢！仿佛我的眼睛紧密地盯着，它们就不会被时光偷偷走了青春一样！

莺花茂而山浓谷艳，总是乾坤之幻境；水木落而石瘦崖枯，才见天地之真吾。

静下来时，我常常看我的杨树。我读杨树的四季，它们观我的人生。

夫唯不居，是以不去

十月的骄阳依然热烈，但早晨已经有了杨树的落叶。那些叶子卷曲着，似乎稍有微风，它们就能满世界地行走。我还是喜欢跟小时候一样，看见叶子就踏上去，欢喜地是听叶子哗地一声裂开。我知道它们在我的脚底下碎了。碎了也就更接近于秋天。它们要的不是自己的一声破碎吗？"夫唯弗居，是以不去"。只有不占有，才不会失去。秋叶落而春芽生，都是自然。若长久地恋居枝头，便不会有来年重生的机遇。

在生物课上，教师讲了生物的适应与影响。我忽然想到了那些叶子。它们的掉落竟然都是因为适应呢。是为了让树在冬天里保留一些水分！树上到底有多少叶子？那么多，每天都掉一层？像走向衰老的人，头发渐渐地稀落了。

忽然想起早晨上学时，学校里的大门还关着。几个男生在学校外面的草坪里拣拾杨树的叶子。每个人的手里都有一大捧。我很好奇，他们为什么做这些？也许更多的人是为了好玩。我也很喜欢跟他们一块拾起那些落叶。落叶一定凉凉的，想是还沾着夜露吧！。

我拣起一片平整的叶子。有的地方还绿着，但整个的生命已经消逝。那些斑驳的地方像皱纹，像不可追回的过往。看到一片落叶，我总会想到大势已去，想到青春的不可遏止。老子说，人法地，地法天，天法道，道法自然。造化自然，总是激励人，让停下来的人努力去思考。然而青春和时间是不能停下来的。大门很快就开了。我跟学生一起涌在人群里。那几个捧着落叶的孩子不知道挤到哪里去了。

我想起小时候看别人穿杨叶的情景。用一个大头针或者一根铁钉穿起长长的线，线的另一端系一个大大的结。掉落的杨叶一片片被穿起来。那是一条枯黄了的长龙，那么柔软，那样缠绵，总让人忘记它们是曾经唱歌的高手。它们被孩子带回家，定居在农家的院子里，跑到厨房里，钻到灶火的窝里去。叶子就在火里发出最后的光亮。杨树的叶子是烈性的，它们在火里还要噼噼啪啪地唱歌。叶子的灰最后还是回到树的根，没有腐烂或者燃烧，仿佛叶子的生命就不能得到一种圆满。

我也总想走在落叶满地的大街上穿一串杨树叶子，可是当我长大了，可以一个人在街上独立闲逛的时候，却再也没有人穿那种落叶了。也许人们不需要了那种柴禾，也许穿杨叶的孩子全部背起了书包。我只是非常怀念那种穿长龙的感觉。想到能够穿起一条漫长的长龙就特别兴奋。那种兴奋更多的来自穿起一片片叶子的过程，来自于漫无目的的在街上行走的恣意。我曾经悄悄地穿过一条长龙。那是在我的小院子里，我只能穿起落在我院子里的为数不多的叶子。叶子零零落落，我是希望它们挤挤挨挨的热闹的，但热闹都在回不去的童年。一些声音渐远了，一些画面也早已遥不可及。

一阵风吹来，叶子在地上打着旋，我能感受到杨树上那些依然鲜活的叶子颤抖了一下。不仅仅是一些凉意，更是与秋风打起招呼。毕竟，每个季节的风都是它们的朋友。

沉默的杨树，人生的道具

中午，阳光照在依然浓密的叶子上，树下落了一大片影子。若不是影子里的落叶，真的不知道秋天已经到了。

一个老人停下三轮车，他拿出车上的马扎坐下来。老人的衣襟很大，他变戏法似的拿出一个金黄金黄的梨。很快，他又变出了一把削皮的刀子。那种刀子是我常常用来给土豆削皮的一类。老人的手法很熟练。临近仲秋，果子到了最好吃的时候。我能猜到他是最喜欢吃梨的，因为我在他身边走过去的时候，他竟然没有发现我。

他的黑色的布满皱纹的手跟金黄的梨像一幅色彩鲜明的画。我不知道一幅画的产生是否也需要一种机缘？他的身后是正在落叶的杨树。此时，正有一片叶子悠然地飘落下来。我总是遗憾没有及时地把这瞬间记录下来。一个新词"慢酷"应该从这里得到最恰当的诠释。如果放慢镜头，这将是多么美好的瞬间！

回来的时候，老人已经不见了。与落叶纷杂在一起的是长长短短的梨皮。我也想起了秋天的梨，汁水浓郁，味道甘甜。我小时候吃的梨很多，那都是一位被我叫作姥爷的老人给我的。他是姨夫的父亲。

姥爷中年时候就死了妻子，一生都在与盆盆罐罐为伍。他的生意极好，以至于两个儿子成家之后还要受老人接济。但是老人又不是很慷慨的，他喜欢攒钱，喜欢把自己买来的好东西藏起来一个人吃。每次去姨妈家，姨妈都要说他的小气。但他对我却是非常慷慨，核桃，花生，苹果，梨总是塞满我的口袋。在我的印象里，他是高大而且和蔼可亲的。我不知道他是否也会在某一天来到树阴下拿出梨来吃。人老了，有很多人变得跟孩子一样馋食。后来，他越老身体越健壮。两个儿子在同一年生病，都是脑血栓。大儿子见人就笑，二儿子见了人就哭。不知道老人同时看见自己的儿子会有什么样的心情。我知道他依旧早出晚归，拉着瓶瓶罐罐到集市上去卖。老人最终走到了两个儿子的后面。他安静的躺在床上，人们说他是无疾而终，因为只有那天早晨他没有起来收拾他的盆盆罐罐。

命运多舛的人似乎冥冥之中在受着某种神灵的支配。但对自己小小的恩惠却是一种难得的幸福。给自己找一片属于个人的美景是很简单的事情。我们所缺少的正是这种给自己创造境界的心境！

我很感谢我每天都要看到的杨树。它们制造了景色，也给路人做了他们人生的道具。但是杨树却是沉默的。除了风使它们唱起歌来，大部分时间里都是安静的。

落叶满庭，拥抱杨树

从车窗里望出去，除了几棵残柳，到处是郁郁葱葱的白杨树。我又觉得用郁郁葱葱这个词有些过了，因为远远地看去是这样的。近了，你会发觉有些树的叶子已经落光了。以前，我总在猜测是上面的还是下面的叶子先落，现在我看到，大部分的树木都在顶上留着一片稀稀落落的叶子，底下都已经光洁。这个秘密应该问造物的自然，是他让后生的叶子坚持到秋天的最后一抹绿色。那些早早萌生的叶子早已过了美好的年华，飘零成一种秋天的本色。

我还看到造物主的另一个秘密。他总是让一棵树模仿另一棵树。当这一棵树的叶子掉光时，它的临近的树也很快地步入了凋零。很多处都是这样的，这里已经光秃秃一片，那里却依然绿意盎然。我相信树也有微微睁开的眼睛，有微妙的心智。它们从众，普通的看不出你我。一起休眠，一起萌发，不想一个人独自绿着。

我也爱看那些落在深沟里的层层叠叠的叶子。一片叶子很快被另一片覆盖。我知道了一种沉积需要很多叶子的付出。我想像脚踏上去的松软，那些叶子，多么需要一场净火的点燃！燃烧，燃烧，成为灰烬！

小时候，邻居发叔家就有一棵巨大的毛白杨。枝干粗壮华美，树冠越过马路伸到我家的院子。那是一棵多大的树啊！我无法猜想它的年龄，当我一出生的时候，它就已经那么高耸了。每次去邻居家里，我都想抱一下那棵巨大的白杨。树皮那样光滑洁净，泛着白色的光芒，感觉一定很凉很凉吧！可是，树的身上拴着一根粗壮的铁链子，链子的另一端是一只巨大的狼狗。我从没有靠近过那棵树，以至于很快就长大了，关于邻居家的那棵树也渐渐淡忘了。但是我的惊叹依然保留着，我还真没有见过第二棵那样的树。我相信，即使是树，也是这世界上独一无二的，无法复制。

发叔家里过得很富裕。我在他家里玩耍时，总能吃到好东西。姐姐给我讲了小时候的故事。发叔给了我们两张菜饼。大姐和二姐分吃一张。在分菜饼的时候，两人因分的不一般大小而争执起来。爱动脑筋的我说，我把大的那一块咬一口就成了。可是当我咬下一大口的时候，小的那块又变大了。于是，我又开始咬那块变大了的。姐姐还没有讲完就把听故事的人逗笑了。现在从孩子的故事书里，才知《两只笨狗熊》中的狐狸也是这样做的。我竟然不相信那是小时候的我，现在的我怎么变的迂腐而沉静了？是我的眼睛看多了白杨吗？我们这里到处是白杨。我一直喜欢白杨树的挺拔与高耸，真像一个个伟岸的男子！没有一丝龌龊的树中丈夫！还有什么树能与杨树相匹配！树都是有性别的呢！杨树像家中的顶梁柱，像家的一个轴。它是来撑天的，是来撑起一大片绿荫的。只有正直，爽快，同样宁静的性格才可担当！

有时，我想变成杨树身边的一抹烟云，一缕微风，或者如淡淡云雾的一棵丁香树。我要与杨树共同采集天地的灵气，日月的精华。即使叶子全落了，我仍旧喜欢拥抱一棵树。

——选自《散文选刊年选》

雪松

在飘零的季节，雪，洋洋洒洒地降落，濒临。只有你会来，在这样零落的冬天。松说。松是一个草野的农夫，没有灵秀，只有尘土。

那些飞扬的花朵，那些来自缥缈的远方的舞者。比最轻盈还要轻盈的少女，比最纯真的赤子还要纯真的雪，仿佛这个冬天里的爱情，飘然落在松的肩上。松在冬天挺直了脊背，松的眉梢高高吊起，雪啊！

松说，我的每个叶子都是针，但我能托起你，托起你像托起一片片温暖的鹅毛。我想起舞台上随音乐而起的舞者。那一副结实的臂膀，像铁。雪像坚硬的铁上开出的花朵，开在他的肩上，开在他的胸前。松就这样托起了他的少女。我看见轻盈的少女变作懒起梳妆的少妇。她体态婀娜，风情万种。她蓬蓬勃勃，渗透，渗透，渗透。雪和松，成为这个冬天的雕塑。松不胜其重，不胜其美，松的力量在急剧喷涌，松啊！松尖弯作成熟的稻谷，雪是溢出来的谷子。

一棵松树的枝条被压弯了腰。慢慢，慢慢地垂下来。雪在流连，用她已不再轻盈的身子附着，缠绕。枝条伏在地上，他总不会让雪落下去，落下去的仿佛不再是雪，却是他小心翼翼经营着的青春，爱情和生命。

一棵松树被打扮成圣诞树的模样。太阳出来了，有风凌厉地吹过。一些松散的雪从上面往下滑落。我愿意更长久地站着，听一滴滴水从雪里抽身而退。雪花在阳光下耀目，奢侈地要把每个瞬间装满路人的眼睛。我不是路人，我是大自然的膜拜者。

雪，你还要怎么装扮那些平常的生命？我不敢伸出手，雪来到我的掌中就化了。雪有雪的温度，雪喜欢每一片叶子，每一根树枝，雪总是躲着我，躲着我占为己有的欲念。

这是一场早来的雪。大地的温度还没有退去，雪来到地上就不见了。我还是要张开手臂，张开手掌，扬起嘴唇承受这自然的赐予，这生命中的纯美的盛宴。

地上积雪已经化去。路有着往日百倍的润泽，只有零星的一点白在提示着刚刚有一场雪来过。道旁树顶着细细的雪，继续装扮这条有些寂寞的街道。雪，悄然地隐退，像一位安静的使者。

树的耳光

一棵树哀嚎了一声：嚓！它现在已经稳稳地平躺在大地上，不再妄想着去戳天空一个窟窿。

我路过的时候，看见树躺在地上，树的脚踝很粗壮，脚上还有锯齿凿的疤痕。树的脚光洁，干净，没有一点生命所特有的青木的气息。这是冬天里的树，所有的精魂都孕育在根里，站在大地上的空壳赤身裸体，手无寸铁。当伐木工人骑在它的脖子上，用锯齿划它的胳膊，此时的它没有叶子可以哗啦哗啦拍打，甚至想喊一声的时候，发现自己全都光了。光的臂弯，光的腰身，光的膝盖，光的脚踝，光的脚。冬天，人类不需要绿荫的庇佑，很轻易地砍掉了一棵树。若是在夏天，树全身都是力量，手掌攥成拳头，胳臂微弯就成了 v 字形。树冠的绿影罩着底下的人，他们休憩，喝茶，谈情，唱歌。

夏天的伐木工人像是与树进行一场搏斗。树的胳膊粗壮，手腕有力，叶子啪啪有声，一个个耳光响亮起来，令人却步。

树倒在地上，本来它想安静地睡一觉，却在惊愕里完成了使命。它要是能奔跑，绝不在冬天里畏缩安眠。有人在立冬这天砍倒一棵树，他们实在是等不及了，冬天的第一个美梦就打破了吧，谁会为一棵砍倒的树哭泣呢？

树的脚正对着我，让我忽然想起若干年前，一辆地排车上躺着的躯体。拉车人去饭店歇脚吃饭，车子随意停在饭店门口。我与同学挽着胳膊在路上走，不经意地抬头，看见了眼前被子里露出的干净的鞋底。拉车人将死去的躯体停在那里，仿佛是一棵砍倒的树裹了棉被。它和他多么相像啊！原本垂直于大地的，开始与大地平行，最后躺在大地上。树和人躺下的时候都很宁静。生命在唱响的时候都渴望的宁静，在死亡的瞬间突然拥有。树一定渴望生一场病吧！甚至病死者也强于被砍斫。

我将不会去践踏任何一棵草木，我遇见草木间的蚂蚁也要绕道而行。草木和蚂蚁，都是我在这个尘世的同类，愿你们都安好如初！

人生的下半场，是一棵树的秋天和冬天。橙黄橘绿的时节，暗含着内部的虚空。生之悲剧便是想找一棵树抱着大哭一场时，却发现那棵树已经倒下了。脚下哗啦哗啦的黄叶，碎了一地。风卷起大的，小的，一片片干枯无力的手掌凌乱在天空里，不知道该去拍打谁。

——选自《今日新泰》

对话一棵树

　　一棵树想告诉你什么的时候，他不开口说话，只用形体与姿态来表达。

　　这是一棵不愿意倒下，仍想活五百年的树，可是他太累了。卧倒，是一种最舒服的姿态，他的低眉颔首正好到达了人类的高傲。

　　这是一棵行为主义的树，因为纠结于衣服潮流的款式，便再也不穿衣服。不能跟上时代的步伐，就只好赤裸活在尘世上。因为不怕冷，所以活得通透。是的，它被岁月与风雨剥蚀了树皮，不着寸缕。

　　湖边的两棵树有着同一个根。一棵直立向上，一棵斜斜往水边靠近。这是一棵一长大就要分家的树，哪怕另立门户后穷得只剩下一面镜子，也要照一张单身照片。它想单枪匹马去打天下，却总是被树根牵绊。

　　这是一棵愤而离家出走的树。他出生在石头窝，隔着一条路才能望见水。它先是按下自己的身子，一直低到路上，然后来到水边扎下了根。它头也不回，出走后再也没有回到家乡，像极了那些远嫁的女子和扎了翅膀漂泊异乡的孩子。

这是一棵终将会长大的小树。"沉舟侧畔千帆过,病树前头万木春。"被砍下的树所留下的唯一的活口,是他生命的一扇门。有些树倒下了,有些树开始重生。它生在树桩的伤口上,是那样亭亭玉立又孤苦伶仃。

一口井守身如玉,决心跟树一起离乡。愈是深沉和清纯的井水愈是羞于启齿。你想看到井真正的容颜,他只好埋得更深。井不知道自己的水积蓄多久才能到达树的树根,它等呀等呀,没有一棵树路过井沿。

其实每棵树都梦想去流浪,只是因为地底下的根早已经安营扎寨。无论你走多远,都有对家的想念。给每一棵离家出走的树安一个家,是每一个树根的梦想。为此,树根在地底下挖掘了一个世界。

没有一只小鸟飞出天空,也没有一棵树走出过大地。于是,这一棵与那一棵愈发沉默,使路人驻足凝望的时候像与一个个灵魂对话。

——选自《今日新泰》

国槐开花了

　　槐米开花了，开了花的槐米准时在天亮之前落下来，给马路铺一层细细的地毯。我要脱掉鞋子，赤着脚轻轻踩在这张地毯上，就像地毯受到了我的呵护，我也同时感觉自己好像得了上天的垂青。满身灵性的槐花，定是上天眷顾我，作为使者一个个一朵朵次第来护我，启发我开悟：当你被无骨的花温柔以待，你必同样以自己的温柔对待一切。

　　每天我步行走过一段铺满黄色槐花的路，每年的这个时节，我都这样走过。这段路，我走了二十年。我曾试图离开过这里，可是有条件离开的时候又甘居于此处。人生过一大半，青春都已埋葬，只剩余生躯体呼吸于天地之间。我便是这国槐树上的小花，淡淡地开，悄悄地落。

　　这些细碎的小花不断用她们柔软的躯体托举我，我感到万分幸福。花儿们用她们的生命唤起我内心的柔软，让我在这坚硬如铁的尘世里找到一分柔韧的张力。我没有火气，没有暴躁，没有压力。我看着槐树的叶子，知道槐叶清肝泻火、凉血解毒；我目视每一根细小的枝丫，晓得槐枝散瘀止血、清热燥湿。我想象着一粒粒槐角，洞悉它们可以凉血止血、清肝明目。国槐是凉的，去燥热、湿气、毒素。它是平静而智慧的，是冷静而安稳的。背倚一棵槐树，我似乎找到归属和归宿。

我老家的院子里有一棵古老的国槐树。每年槐米长成的时节，便有一个年轻人从很远的地方来我家收槐米。他拿着工具，爬上树，骑在树杈上往树下扔槐枝。每一枝都有一大嘟噜槐米，粒粒结实和饱满。槐枝遍地，槐米傲然挺立属于它们的小小的位置，显示最后存在的价值。他们被卖掉了，足足有二十多元钱。我觉得已经是天文数字，记得那时的压岁钱也不过一角。二十元钱，算起来够我过二百个新年。

据说周代朝廷种"三槐九棘"，公卿大夫分坐其下，面对三槐者为三公座位。所以后世人种槐树有祈望子孙位列三公之意。我家的老槐树一定荫蔽过我们每一代人。虽没位列三卿，也没有愚钝，没有懒惰，没有杀人越货、误入歧途者。后来不知道什么原因，门前的这棵老槐树最终被砍掉了。它躺下的最后一刻，我默默看着新鲜的茬口，想着再过几天，茬口不鲜的时候，它才真正死亡吧！

校园北边的这棵龙爪槐，落槐尤其多。今天老师们阅卷，孩子们没有上学，校园难得宁静下来。若是平常，落花早早被孩子清扫干净。没有人卷起这张地毯，它便一直铺着，直到我回家重新路过这里。

途中经过商店买了点小东西。店主夸我教学好，我说好老师挺多呢，不止我一个。像那些不经意间被漠视，甚至最终被碾压成泥的小黄槐花一样，他们用本心与良心在一片土地耕耘。将一切看淡的时候，倦则不卷，卷则不倦。分列几级，全是浮云。

回家后儿子兴冲冲给我开门。我放下包对儿子说，你应该向你姐姐学习，你姐姐学得扎实，考得也高，你的作文被扣掉十分。儿子的泪水立刻在眼里打转。男孩的哭泣都是用拳头来体现的。他紧紧攥着拳，想抡向什么又找不到可以发泄的东西。

这一路上被槐花熏染的温柔忽然在我心底复苏了。我愧疚至极，那些让我们看起来一样的槐米花，她们之间也是不同的，却同样创造出感性的、迷人的美景。"苔花如米小，也学牡丹开。"有的花朵再努力也长不成牡丹，因为她本来就不是牡丹。槐花之美，一如苔花，美在纤细，不失精巧；美在真纯，更觉清雅；美在努力，甘于淡泊。

儿子也如一朵小小的槐花，是我内心最软的肋骨。他温和又聪慧，善良而无力。力，仅指学习力而已。有的人不能专注，有的人读写障碍，有的人智力欠缺，有的人家庭败落，无力求学。这些，都阻碍了人的学业。孩子啊，如果你只打算做一粒槐米，然后开花，落下，就像我，那便没有生的烦恼。但你如果想位列公卿，光耀九族，确实要亲历天地冷暖悲欢，遍尝人间苦辣酸甜。先来吃一口槐叶饭，品一口槐米茶吧。在淡淡的苦涩后，都有一点甜。

——选自《今日新泰》

飘花粉在风中

在这个喧嚷的人世间，我结结实实地踩在大地上，觉得大地离我好近啊！我就像从大地长出来的一棵树。一棵树便是一个人。

在十字路口的拐角处，好像只有这一棵石榴树认识我。而路人呢，也只有我会停下来，对着一棵树发呆。它像一个静默的老朋友，无需我说什么，它也从不言语，但彼此一望便知道内心在想啥。它见过我发呆的样子，我喜欢痴痴地盯着某个地方，专注于某个东西，以此做个偷懒，防止别人发现我的痴傻。我听过它第一朵花开的声音：看我多么娇嫩和美艳，还有落寞和欣喜！你有我这么美过吗？我告诉它我没有，从来没有像一朵石榴花那样鲜艳过。你脸上的红晕我是永远不会有的，我怕晒，总是背着阳光。我把小脸抹得白白的，哪怕一丁点羞涩的红晕都被遮得严严实实。我和树站在一起，我就变成了一棵树，它反而变成了一个人。"相看两不厌，只有敬亭山。"如此看来，我不仅与树的心是相通的，与李白也早就心有灵犀。

我其实从不关注树的那些花儿，我的目光锁定的是花的下面有没有鼓胀的子房。在生物学家眼里，花儿不过是植物的生殖器官。而在我这里，我最喜欢看花儿那个部位渐渐隆起的优美曲线，就像一个渴望做母亲的少妇终于圆了她的梦想。尽管她腰身粗壮，肚子浑圆前伸，后背宽厚，脖颈变粗，就连鼻翼也开始变得肥大，可我依然感觉那是美的。她的宫腔里有了一个可以蠕动的小生命。那个小生命是她的身体的一部分，将承继她的容貌，她的心性，她的小脾气；也会延展她的爱恋，她的缥缈的虚荣心；并涵括她的所有的优点和自己的心都照不到的地方。那是命运对她的复制，里面有她没有完成的梦，有她的诗和远方。

　　一朵花能够开在夏日又悄悄孕育了一个果实，这是多么有收获的夏天。我以为有些花生来就是能结子的，而有些花生下来就只是为了打量这个世界。我以为这些没有鼓起子房的花儿，是没有子嗣的，它们只给夏日增添一点亮色而已，后来才知道不结子的是雄花，是石榴家的男孩子。在石榴树身上，无论它的男子女子都是开花的。它们开花后就可以恋爱。雄花的屁股小，雌花的屁股生来就挂了一个小葫芦。这个小葫芦有一个细细的腰肢，但也不是太细，要是太细的腰肢像妖女，不像一个好母亲。我生来害怕长着细腰肢的女人，尤其她们走起路来风摆杨柳的样子，会迷死整个夏天的男孩子，也会将我爱恋的人抢走。

　　雄花是没有机会扑向雌花的，风吹过来的时候，他会扬起手臂拥抱雌花，这时候，风反而停了，雄花只定格了一个拥抱的姿态。他的花粉在风中飘，偶尔的偶尔，有一粒花粉落下来，粘在雌花的额头上，完成了一个空中之吻。大多时候，雄花都是通过小昆虫传粉的。昆虫实在是他们之间的红娘子，给无数男男女女牵线搭桥，也是雌花的送子观音。可是也有昆虫飞不到的地方呀，现在昆虫越来越少了。很多时候都是人将一朵雄花摘下来将他对接在雌花上。我见过她们将丝瓜的雄花与雌花对接的样子，不仅可以长相厮守还被外力绑在一起，直到结出比自然传粉更大的果实。

有一段时间里，我特别希望跟这棵石榴树一样，一觉醒来后，腹中便孕育了一个宝宝。我看到满大街的女人手卡着后腰在街上像个胜利者一样漫步。她们的身前身后或者左左右右围绕着的是守护者联盟，或者是爱人，或者是母亲。她们生怕在一个关键的节点，小宝贝忽然降生在措手不及的地方。有时候我也会梦到一个宝宝的降生，一转眼这个宝宝又回到一朵花的姿态。现在街上很少看到一个腆着肚子的孕妇。也许是花的恋爱期太短，短到怀疑人生了吧！从一朵花到一个果实，总是充满了惊喜，震撼，这个过程都是在夏天秘密进行的。如果没有像我一样痴痴傻傻的人驻足观望，相信这个秘密也早被风吹走了！

我眼前的这棵树应该是没有主人的。它身后的房子几易其主，还有谁去管理这棵树？它长在路边，即使结了果子也会担心被路人摘了去。"五月榴花照眼明，枝间时见子初成。"无论怎样，或是风为媒，或是虫为媒，它到底坐了果，悄悄孕育出盛夏的果实。随着果子的日渐长大，那些小花早已香消玉殒。果子或遗世独立，或三五成群，还有孪生相对地正视着灼热的阳光。它们的身上共同映照着的就是生命的鲜亮，这一分亮泽诠释着生命的存在。如果哪一天小小的果子失了亮色，泛了微红，离它脱落的日子就只剩下等待。没有人为它浇水和施肥，大果子会吃掉小果子，虫子又会吃掉大果子。那无孔不入的虫子，那嗜甜如命的小小的肉体为了自己的口腹之欲而侵入别人的领地。这个入侵者一旦冲进幸福的家园，酸甜可口的果肉最终要崩溃和离散。之后那无穷无尽的虫子又将继续侵入别的领地。果肉有什么反抗能力呢？无非是长得数量更多一些，以更多的果实来满足贪婪者的欲望，兴许可以留下几枚不被侵扰的果子。我看着它们一天天长大，看着它们从青涩到成熟最后掉落，心也跟着从希望到落寞。

多年前的一天，或许是偶尔的一粒种子恰好落在十字路口的拐角，就那样绿了，长了，开出了红的花，妖娆了半生，结了果子却没有长大。树最终又回复到没有开花前的样子，满身的绿，好像花儿果儿是树做的短暂的梦，一觉醒来又回到了绿树浓荫的常态。我看着树，悟到了一棵树一年一年的循环往复，它依然傻傻地去开花和坐果。它要的只是那个过程，给花儿一点希望，给路人一点鲜红，给痴痴傻傻的人提供一方避难所。它很好的守住了谁是傻子这个秘密，帮助我更好地伪装成一个聪明人。只有聪明人才能以正常人的姿态活在人群里。傻子只会远远地游离在人群之外，被他们明目张胆地欺负，看他们寂寞而又歇斯底里的狂欢。

法桐二章

冻叶

一夜入冬，法桐叶子被冰粒和雨雪打在地上，冻在冰块里。往年，树叶都是让秋风揽在臂弯里撒着娇离去的。今年的叶子没有起舞成诗人笔下的一首诗，也没有静美成一幅画家眼里的画，就这样突如其来地成为冰块里的标本。

太阳出来了，墙角下的冰照不到阳光，叶子还在冰里挺着身体。寒冷以迅雷不及掩耳之势突然造访，叶子，听不到天气预报。看那些裹着羽绒服的老人，那些穿着毛绒大衣的少女，该有多温暖啊！冻在冰块里的叶子着实亲吻着大地，大地却不是松软的泥土，而是有着铁嘴钢牙的水泥。孩子们拿着扫帚和铁铲在树下高声喊着："老师，冻在冰里的叶子还要打扫吗？"

我远远地朝他们摆摆手，不用了，不用了，你们回教室吧！

刚经历了毛虫的噬咬，叶子很少有全身而退的，如今穿一身冰冻的铠甲，她们也变得英姿飒爽起来。我不想让孩子打扰她们的清静，甚至被铲子断手断脚。就像一些优秀的人总要沉静一些日子，也许一直沉睡下去，也许在某一个春日睁开睡眼去深深地扎根，还可能再也醒不过来了。

那些冰块是寒冷赐予的洁白的墓碑，只有经历过酷寒，死过一回的才能得到重生。

"墙角数枝梅，凌寒独自开。遥知不是雪，为有暗香来。"今日我才了解了"墙角"的含义。墙角的梅花终日没有太阳，该不会是冬日里最冷的吧？好在梅花还挂在枝头，香气是能跑到阳光里去的。眼前的冻叶，你的标本之躯被封印在冰里，麻木了便没有疼痛的感觉。我竟不知道该温暖你，还是继续让你保持坚冰一样的人生？

回家的路上，黄槐的叶子在随寒风奔跑，它们的热血一定重新燃烧和沸腾起来，似乎春天就在前方不远的地方等着。

我问儿子，槐树的叶子像什么，像不像冻得发抖的嘴唇？

儿子告诉我，槐树的叶子更像是从天上掉下来的雨滴，放大了，变冷了，成为一枚冻叶。

我想象里的嘴唇是横着的角度，而他眼中掉落的雨滴是垂直向下的角度。寒风里的冻叶若听到我们的谈话，该融化了吧。

积雪的法桐

冬天的法桐树本来就自成一幅画，一夜雪后更添了神来之笔。在冬天挣扎的叶子终于迎来了瑞雪。他们用尚且硬朗的腰肢来承载又轻盈又厚重的雪。从树下往上看，干枯的黄叶子像树伸出的手掌，手掌接住了来自很远很远的雪花。雪花渐次沉积，仿佛干枯苍老的手再也撑不住了。此时，我听见细小的骨骼断裂的声音，叶子与叶子上的雪一块飘落。没有谁比谁落得更快，只有一幅幅画动起来，令人目眩。

其实最精巧和别致的是法桐树上挂着的圆圆的果实。每个果实都是一串串小玲当，每一个铃铛上都顶着雪白的厚厚的棉帽子。雪真是最公正的，不会忽略任何一枚干瘪的果实。每一顶帽子都是恩赐。太阳出来了，一层层一片片的雪花禁不住阳光的扫射，纷纷从枝头四散飘落。此时的阳光像带着温度的枪，向着雪花扫射。而雪花也洞悉了"宁为玉碎，不为瓦全"的内涵，宁可飘落，不愿冻死在枝头。

走近一棵古老的法桐树，我看见它的树干上，树皮已经剥落，露出白白的身子。孩子说，树真可怜，它一定很冷。她扑掉树干上的雪花，用小手轻轻抚摩着。我告诉她，睡着了的树会被雪叫醒，立春后就渐渐积攒能量，要发芽呢！你说，雪来了，树会觉得冷吗？树一年年绿了，也一年年老了，但新的树总是不断成长起来。

法桐树是世界上最著名的行道树。据说法桐树并非产于法国，而是最初由法国人把它带到上海，种在霞飞路，人们才叫它法国梧桐。然而它又不是真正的梧桐树，我国植物学家叫它"悬铃木"，我们常见的法国梧桐，只是"悬铃木"的一种。

孩子听了法桐树的渊源，又在树下堆了一个大雪人。雪人胖胖的，名字叫"猪爸爸"。孩子们看猪爸爸寂寞，又堆了一头狼，让猪爸爸随时保持警惕，可不能太安逸。女儿要赶紧回家，将雪后的法桐树入画。

回来时经过一家美食店，店里大门紧闭停止营业。在这样的雪天，就是要让每一个人任性。可以晚起，也可以歇业。一位老人迎面走来，她看着我手里的油饼说，走这么远的路去买饼，不如和面自己做省时间，还好吃呢！我觉得买有买的便利，做有做的情趣，难得一遇的雪，可不能辜负了。

——选自《今日新泰》

蛤蟆草

　　蛤蟆草，又叫蛤蟆酥，多生长在水边。叶子鲜绿色，像不小心烫起来的褶皱。因为疙疙瘩瘩的外形，像极了在水边的蟾蜍，蛤蟆草的名字大致由此而来。蛤蟆草性温，微苦，中医用来解毒消肿。

　　最早认识蛤蟆酥是在几年前。母亲说想到河边走一走。母亲的童年便是在汶水边长大的。我和母亲走下河堤，她的眼睛有些花，但还是被什么吸引着蹲下来。孩子，母亲说，这是蛤蟆酥，治疗咽炎很好呢！我看见接连几棵簇拥在一起，它们的叶子很丑，像长满了疙瘩的一张脸。我喜欢那种舒展细长的叶子，对这几棵丑东西并没放在眼里。

　　由于几天来的咳嗽导致咽部肿痛，我在路上很少说话。回来的时候，母亲把这几棵极丑的东西洗净，泡水让我喝。水是很鲜亮的黄绿色，味道简直像黄连水一样苦。水的颜色喝浅了，我的咽喉竟神奇般的好了起来。

　　从此就记住了这种草。有时是风把蛤蟆酥刮到没水的地方。但只要你见到一棵，就会在不远处找到它的子民。它是极易成活，极易繁殖的。可是这种草又极不常见，大概是因为它是丑陋的香饽饽，只要被人看见就给挖走的缘故吧！

有一回在一家农舍的门前看到了这种草。几个同伴知道了它的药用后就与我一起挖了起来。主人家的狗不停的叫，同伴们都吓得跑开了。我说你们别跑啊，跑了它就敢欺负我了。我继续挖，挖到门口的时候，狗虎视眈眈地看着我。我说你别叫了，我又不去你家！狗是通人性的，它果然静了下来，趴在地上看着我挖。

同伴们看着我跟狗说话都吃吃地笑，等我拿着一大把蛤蟆酥回去的时候，狗竟然也没有追上来。它一定知道我不是贼，它的主人定然也知道。当初狗叫得那么凶，竟然没有出来看看。挖他家里蛤蟆酥的人，肯定不只我一个吧！

——选自《青年文摘》

薄荷真味

薄荷的心一定是敞开的。

长在地里的薄荷，叶子绿得黑亮黑亮，香气迷漫着大半个院子。蚊子从不敢窥视，躲都来不及呢。我小时候总是觉得眉头发热，头痛难受。这时就揪一把薄荷放在玻璃杯子里，水中的薄荷绿的鲜艳，喝透了都不见颜色有丝毫地改变。

我家里的薄荷与荷香是种在一块，原先我是能够分清薄荷与荷香的。薄荷叶子小，紧致精神。荷香叶子较薄荷大而舒展。最大的区别，还是薄荷的清香强烈而独特，而荷香的味道略微有些苦涩。时间一长，荷香也被薄荷的香气熏染，竟然串成一家子了。我妈从来不管哪是荷香，哪是薄荷，喜欢掠几把荷香与薄荷一块儿用盐腌了，裹上鸡蛋和面糊在油锅里炸。那薄荷的清香裹着油香飘出很远。吃起来，泛着热气的面鱼却满嘴凉飕飕的还带着荷香的淡淡苦涩，真是清爽极了。可能有时候荷香占的多了，苦涩大于清爽，似乎连油也变成苦的了。我就非常厌倦带着苦味的面鱼儿，什么时候我妈只炸薄荷而不掺杂荷香呢？后来才知道荷香是健脾和胃的，为了能让孩子吃进去，我妈真是费尽了心思。

我也不知道人什么时候味觉发生了很大的改变。小时候最喜欢吃甜，大了反而觉得甜太腻了，喜欢吃苦。小时候不喜欢吃辣，现在却希望有点微辣的味道。小时候觉得薄荷味太浓了，现在反而极其怀念那种浓烈。这浓烈，绝不是香艳，却是清香。大概是尝尽了人生的滋味后，便知道"醲肥辛甘非真味，真味只是淡"的道理了。这薄荷，融汇了热烈又清淡的风味，让人醒目提神，让人心明眼亮。

除了院子里的薄荷，长大后竟一次也没有喝过薄荷水了。幸运的是几天前凤姐给我一大包薄荷尖，让我抽时间给孩子煎薄荷饼吃。凤姐可不是《红楼梦》那位"嘴甜心苦，两面三刀，上头一脸笑，脚下使绊子"的凤姐，而是恰恰相反，她是有什么好吃的，总忘不了别人的人。我跟女儿说："你别看我和你凤姨打打闹闹，其实都是开玩笑的，你姨是个心特别好的人。"善良的人，像这薄荷，心都是敞开的，宁静的，才能把香气散出来。好看的塑料花，无论远看多么鲜艳，总没有一个鲜活的生命，更不用说热情的心了。

昨天晚上，我用薄荷煎了面饼。盖子还盖着的时候，我让女儿进厨房来闻一下薄荷的清香。儿子也凑上来闻一闻，真香啊！薄荷味的。儿子呀！你只知道薄荷糖，怎么知道这真真的薄荷叶子味道呢！儿子喜欢清淡的饮食，我担心他吃不惯薄荷浓郁的味道。女儿说："百闻不如一尝，再好的味道也不如吃到嘴里呀！"一盘薄荷饼，成了我们的饭后点心。早知道薄荷饼这么好吃，就空着肚子等了。"好饭不怕晚"，没有这些繁琐的工序和漫长的等待，怎能吃到美味？

用不了的薄荷晾上，存放起来的枝叶仍旧弥漫着清香。只要身体里有着香气的精华，敞开的心房，无论在什么境遇里都是一样的芳香。

——选自《今日新泰》

翡翠裙，清白心

萝卜白菜，各有所爱。我偏爱那种细细长长、翠翠绿绿的白菜。这种菜绝不应该叫白菜，该是叫翡翠吧！那种放纵的绿裙一泻而下，转一个圈来！极像一个窈窕的舞者。那极少的一点白，不要说嫩得能掐出水来，一不小心就怕折断了腰，让人心疼。

这种白菜的叶子松散，每一片都争着亲近阳光。不需要去扒拉着找白菜心，它平等的连白菜心都缩在一角。家乡有个很有趣的说法，待嫁的姑娘到了婆家就是"白菜心"，等过了门再几年就慢慢变成"白菜帮"了。从白菜心到白菜帮，其实演绎了一个普通女子的成熟历程。无论做姑娘时多么美丽和高傲，一旦成为人家的妻子和母亲就变得跟白菜帮一样坚硬了。菜帮是无敌的铠甲，是掌管半边天的支撑！

那种白白胖胖的白菜，一嚼起来就咯吱咯吱的，总没有绿白菜绵软。但是大白菜有白菜心，而且被包得严严实实，以至于尖酸点的一双手将白菜扒了一层又一层，直到看见白胖白菜心为止。记得以前母亲总是埋怨父亲不会买白菜。家里人口多，即使最便宜的白菜炒满大盘子也会被几个孩子吃得精光。父亲买回的白菜，每次都得扒去好几层而且价钱还不便宜。父亲还是那句话：那种菜的老哥，也不容易。

　　亲戚小美去看奶奶，回来后跟父亲说，一年没有见面，奶奶只给我做了白菜粉条猪肉。父亲说，白菜不好吗？我天天吃白菜，总也吃不烦。年轻气盛的小美一拍桌子说："好，等我结了婚，你去我家里，我天天给你炖白菜！"只可惜她的父亲身体不好，走得很急，她结婚不久，父亲突然去世了。回想起他的父亲，做人刚正直爽，真像那清清白白的白菜。

　　我也是到了中年，才渐渐喜欢上了这最平常的白菜。俗话说："鱼生火，肉生痰，豆腐白菜保平安。"豆腐不怕炖，白菜也是越炖越有味。而白菜和豆腐搭配在一起，在袅袅蒸腾的白色水雾里，慢慢就融为一体。这普通的家常菜，诠释了多少平凡夫妻相濡以沫的生活。鱼也好，肉也好，在餐桌上已经不稀奇，但顿顿吃，就厌了。只有这白菜，再荤腥的汤菜里也少不了它的陪衬。本以为是做陪衬的，但夹菜的筷子却不约而同都伸向了白菜。白菜喜欢荤腥，只是沾了荤腥的白菜也依然是青绿的白菜。

　　刚买回的绿白菜，叶子上还有嫩嫩的水珠，泥土是湿的，透出新鲜的生命的气息。这鲜嫩让我想起了小时候看《杨乃五与小白菜》的情景。小白菜的扮演者是陶慧敏，她的面容清纯的像一棵小白菜。那时，我的本子上贴满了陶慧敏的彩色玉照。我不是追星族，许是因为那"小白菜"的名字，让人禁不住联想那种青翠和鲜嫩。

　　——选自《今日新泰》

第四辑

行吟及其他

泰山行吟

我是来读山的，但每次都是匆匆过客。

掠去山外的浮尘，我是来感受凝重的；脱去文明中的喧嚣，我是来撷取自然中的悠远和沉静的。

脚踩石阶，手摸石刻，耳中流水淙淙，千里鸟鸣，千山万壑皆收眼底，苍松翠柏尽入心中。但我依然没有感受到山的脉搏，没能俯在她的胸口聆听心跳。

我是渺小的，如同山间不知名的草叶；我是短暂的，像巍巍泰山不经意地眨眼。

从红门出发至中天门，从中天门行至十八盘，从十八盘到南天门，从南天门到天街，从天街到玉皇顶，你就可以脱离凡间苦海，进入逍遥快活的仙界。

登泰山不只是一条路，当然也不只是一种方式。从美丽的天外村乘盘山公路直达中天门，登泰山的行程就过了一半。

然而中天门不过是小境界，就像人生刚刚迈步二十岁，热情有余但缺少了岁月带来的沧桑和魅力。中天门之上更加陡峭和蜿蜒，越到高处越是胜景，越是险境。

可以在中天门徒步上山，又可以乘泰山索道直接到达山顶。一种是耐力的挑战，一种是高空中的刺激。远望空中的缆车，那分明是在高空里爬行的甲虫。

每一级台阶都能踏出流水，踏出鸟鸣。

水是看不见的，只能听见水声。泉水被隐没在各种灌木的深处。若要用手撩一把清凉，你须走到台阶之外的山下去，可是从石阶通往细小的山泉大多是没有路的。你只能侧耳倾听这种山籁。真正的登山者，也许从来不是在台阶上行走的人。

偶尔也可以攀着巨石找到一处清泉。脚踩着石头过河，我才真正感觉从平原来到了山涧。水是清凉的，有几个少女用泉水拍打红扑扑的脸蛋儿。我浅浅地探下手去，用泉水清洗我的双眸。

在石阶两旁的山石上，也有少许的山泉渗透下来。山泉很小，小到看不见它的存在，也听不见一响水声，可是水确实是流动的，它沿着一块块巨石游走，每一块石头都是印湿的。以脸触石，我真想把一块石头抱回家去。

我拍下了石头上巨大的"通幽"二字。一个"幽"字的确能领悟泰山的神韵了。

大型的瀑布是泰山上的明星，游客们纷纷来这里驻足和留影。

树是山的精灵。

漫山的苍翠将游客置入另一个世界。"岱宗夫如何，齐鲁青未了"。一个"青"字就给泰山着了浓墨。迎客松，钻天柏，古槐，樱桃，还有那些叫不出名字的，叶子有如纤纤玉指的树，它们把石头掰开了，把岁月拉长了。

无论什么样的石头，仰卧的卵石，层层叠叠的方石，天然垒作的块岩，如花叶伸展，如爆竹炸开的页岩，都能种出古木来。每一棵古木都是历史，都是故事，都是久经风霜的苍老和雄奇。

我在"四棵槐"处驻足。史载四棵槐乃程咬金所栽，千百年来任其自然生长。一棵树倒下了，墨色的枯木横在上山的路口，它高高地盘踞在世人的头顶，历尽沧桑，倒而不朽。

有人把功绩刻进石头，有人用树木来延伸他的功绩，有更多的人将功绩写进了历史。我最衷情的是那一棵仍在挣扎的古树。仰头拍下天空中挥舞的虬枝，我的大脑立即眩晕了，树过千年就有了超人的智慧，树下的我是多么无知与浅薄。

每一棵树都有来自人间的编号。我如何知道每棵树的年龄？怎知每一处山坡上有多少棵树？有多少树种，怎知道一棵树上有多少只小鸟？

我只能细细观赏近处的灌木，那些眼前的乔木太过高耸。我看到了翩翩起舞的黑蝴蝶，看到了肥胖的蜘蛛恣意拥抱它的美食，看到路上一两只安之若素的猫与游客搔首并姿地留影。

泰山是蜿蜒的，石阶是曲折的。有时在向上的石阶上攀缘的是下山的游客，而向下的台阶上又常常是上山的游客。上即是下，下即是上，上即是上，下即是下。我不知道道家有没有这样的教义，但是每走一步我都能看到道家的影子。泰山是无为的，无为即是自然。

而十八盘永远是向上的。十八盘共有1600级台阶，最初是由姓张的道士所造。因其陡峭与漫长又被称作天梯，且素有"紧十八，慢十八，不紧不慢还十八"之说，其艰辛与险峻可见一斑。

山越走越高，而我却感觉离地更近了。当脚踏在底下的台阶上时，我的双手已经触到上面的台阶了。向下看是无数黑压压的头顶，向上看是绷紧的一截截小腿。我不是在登山，而是在山上爬行。我不是独立行走的人类中的一员，我是与山融为一体的自然。

在十八盘上，你不能不说你是在行走你的人生。在常人皆可企及的高度，往往不费吹灰之力就可以到达了。但更高处的玄妙与艰险不是每个人都有勇气和毅力去承受的。行到人生的至高处已经疲惫不堪，谁又能在力竭之际进行更高处的攀登呢？十八盘是对你人生的一个考验，恐怕没有比十八盘更能诠释人生的寓意了。每一个爬上天梯的游客都是英雄。

一个从山上下来的英雄说，我还是一步步往下挪吧，反正这腿肚子也不知道是谁的了。

南天门是十八盘的终点。过了南天门就意味着你爬上了天梯进入了仙界。南天门之上便是天街。天街决不会辜负你攀缘的艰辛。在天庭中漫步，我期望会看见月宫里的嫦娥仙子曼妙的舞蹈。但是眼前只有一个双手举到天上的女子。远处举着相机的男友一声响亮的OK给她做了美丽的定格。这对情侣肤色黝黑，与我期望中的美丽的仙子大相径庭。而且女子在伸展手臂的瞬间裸露了腋下的两团漆黑。即使这样，泰山依旧见证了他们的快乐和幸福。

天地造化万物，人在万物中穿行。这里是天上的街市，街市两旁是各种独特的风味小吃。在天上游览却能尝到民间的美食，这天上人间的福祉尽被一个个仙客尽飨了。

"荡胸生层云，决眦入归鸟"。云就在我的脚下，在腰间，在我的掌中流动，正所谓"举头红日近，回首白云低"。

一些平凡的词语在这里有了不平凡的含义。"碧波"来形容天空的清澈与辽阔是那样的贴切与自然。白云是松散的，我伸手就能进入白云，我可以更真切地感受到它的流动。

　　有人向天空伸开双臂，在危崖的巨石边拥抱一朵白云。我听见一声声啊的兴奋从天空传过来。一起传过来的还有不远处浑厚的钟声。中央电视台每年春节晚会的钟声就来自这里。泰安本有国泰民安之意，有什么美好的词语比国泰民安更祥和，更能表现百姓的期盼呢？

　　这时，我的手机响了起来。一个熟悉的声音来自人间，你在哪呢？我说我在天上。

　　"会当凌绝顶，一览众山小"。到了玉皇顶，我找到了张氏家族的最高统领。泰山的神韵又何止这些美妙的仙界传说？那些石刻的碑文记载了多少清雅的文人墨客，留下了多少皇家封禅的盛装威仪？泰山到底有多少故事，有多少记忆，有多少沉睡的旧梦？每次我都来不及细细揣摩，静静品味。

　　泰山是一本厚厚的书，我在书中的一页历史里遨游。让我成为一个文字吧，成为一个文字后的标点，成为厚重的书页里一次短暂的呼吸。

　　泰山是苍老的，又是清新的。泰山阅人无数，我只是山间的一个掠影。

　　——选自《今日新泰》

丽江古城

　　是开始，也是结束。最先到达的是丽江古城，最后品赏的也是丽江古城。在古城的每一天早晨，我们都会沿着一条街道走出去，走出去，看看古城外的自然风景。古城就在这里卧着，我们知道她跑不了。八百年过去了，她不是还呆在这里吗？呆在这里敞开一颗心，一颗惠质兰心接纳四方游客。

　　习惯了六点钟就醒来。古城还睡着。在北方的小镇，七点钟的时候，各种店铺都相继营业了。古城的早晨起的很晚。春宵苦短日高起，从此君王不早朝。是不是古城的晚上睡得太迟了呢？一定有什么让她变得这样慵懒，那是什么呢？

　　恍惚记得晚上回来，古城的街道灯火通明。那是普通的灯光，但照在古城的檐角上，照在街道的五花石上，照在门前的红灯笼上，照在店内的艺术品上就不同了。那是华丽又不乏古朴的灯光。有很甜的香气在深夜袭来，那是什么花的香气？问了身边的人，所行的人都不知道。只知道古城是神秘而悠远的，即使是一段香气也是深暗的。

工艺品店异乎强烈地吸引着我们的眼球。最让我流连的是那种精雕的木刻。也许是欣赏多于购买，也许因为这里是艺术的天堂，好作品确实太多了。店主很多是悠闲的年轻人。他们总是懒洋洋地忙自己的事情。上网，绘画，雕刻，或者偶尔又开大手说，不要拍照！那是他们的心血，是用心或者生命雕刻的杰作。我还是偷偷地拍了很多，我无法不窃取这些奇葩，这些有着画家本人独特个性的奇葩。

首饰店是夜空里的星星，无法不照耀你的眼睛。你无论如何不能去错过它们。我看见不少的女人手臂上带满了手链手镯，那些纷繁的颜色让夜晚变得更加扑朔迷离。最有意思的是一家"八块钱不可能"的店铺，里面的饰品琳琅满目又价钱便宜。

各种玉器在夜晚的灯光下分外晶莹。我的眼睛是贪婪而饥渴的，我的心也有强烈的占有欲，恨不得将所有的艺术都据为己有。我在街道上满目张望，不经意间听到了楼上的音乐。那是忧伤而动人的，一种很柔软很伤感的东西倏忽进入我的心脏。抬头，在二层的阳台，一个男人正坐在竹椅上抽烟。音乐的音符一定随着他燃烧的烟雾缭绕，缭绕在这个繁华但并不喧闹的街道。古城的街道是静的，这段伤感的音乐为这条街定下了基调。我喜欢这里的氛围，可以旁若无人的释放自己的忧伤。一个大男人，可以无限伤痛地书写自己的心情而不会被庸俗的世人当作矫情或造作。

有时不经意地会走进四方街。四方街是古城的中心。这是一个四四方方不大的广场。四面都是繁华的街道，分别是光义街、七一街、五一街、新华街。沿任何一条街往里走都是一段不扉的收获。也许你从北边的街进去却从西边的街道又回到四方街来。四方街就像是魔宫的总部，里面的道路胡同四通八达紧密相连，要是晚上迷了路可能就回不到客栈了。

晚上来到四方街，看到那么多的游客待在楼下听歌，那样入迷而没有一点喧哗。二楼贴了四个字的牌子"原创歌曲"。有一人正弹着吉他在窗口唱歌。这一定是他创作的作品了。下面的人只在沉迷，没有掌声却迟迟不肯离去。我也是一个长久的倾听者，跟歌者一起欣赏了这世间的天籁。

沿四方街往里走是酒吧一条街。美丽的女子身穿纳西服饰在门口拉拢客人。街道上的人要远远多于酒吧里的客人。在暗红迷离的灯光下，美丽的纳西舞蹈会飘出来，动人的歌喉也会飘出来。更多的人拿起相机啪啪地定格这歌舞升平的瞬间。我几乎不认识古城了。这是安静厚重的古城吗？现代化的音响设备，现代化的经营和娱乐仿佛又把我们带出了古城。但这里是古城，而且是古城的繁华一景。古城接纳了庄重也接纳了喧腾，接纳了厚重也接纳了轻盈。这就是她，典雅又不乏活泼。古城是在走着的，她的步子并没有老迈，她走得更加健硕了。

用一整天来品读古城是极其过瘾的。八点钟走出客栈，我们遇见了迎面走来的外国游客。他们更加欣赏这里的建筑。在高处，他们会拍下低处的屋檐。在狭窄的街道会遇见早起的画家。有一个女孩坐在一个破旧的门前写生。那两扇破旧的门板在画板上就成了艺术，也许明天就有了两扇门的木刻。有孩子背着书包匆匆上学。有早起的纳西人打扫路面。

古城的街道用五彩石铺就，它们是光滑而且耀眼的。街道从来没有平坦和笔直的。街道是随水而行走的，一条街道总有高处和低处。上坡时走得急了就有些气喘，在海拔 2400 米的古城，这里并不适合奔跑。下坡时走得快了又会很滑。在古城的街道上行走的都是气定神闲的人，我想也只有古城才能培养出这种宁静的气质。

白天的四方街分外热闹。纳西族的老人在四方街的中心围拢来跳舞。我也加入了他们的队伍。我不会跳，但是老人在我的旁边对着我笑，我的眼睛没有离开过他们的手和脚，却从来没有真正的学会。脚步前后交错，双手往前再往后摇摆，有时又把两手同时搭在前面人的肩头。我忽然间明白了，这是劳动时的舞蹈吧。他们用双手在前面劳动，后背背着沉重的货物。纳西人常常用背篓背孩子，背粮食等物品。我把搭在肩头的动作当作他们之间的友好和互相帮助，这是多么朴实和快乐的舞蹈啊！

　　从四方街往里走，我看见一个漂亮的小姑娘在水盆里玩水。她的母亲背着背篓在洗衣裳。背篓里是一个更幼小的孩子。我的相机对准了小姑娘。我问她我给你照张照片好吗？小姑娘嘻嘻地笑着，无限天真的定格在我的镜头里。小姑娘的衣服是鲜艳的，她们的后背似乎是前倾而弯曲的。我不知道是服装的设计原因还是纳西人天生的往前倾，尤其是我见过的纳西老人，他们都是那样的瘦小。他们的背要比其他地方的人弯曲的更为厉害。是长期背东西的烙吗？哦，纳西人的背，你背着玉龙雪山，背着古城的沧桑历史，背着古城的灿烂文化，你的背过早的弯了，是你的负重太多了。

　　我喜欢漫无目的地在古城的街道行走。水是灵秀的，清澈的，在每条街道的两旁哗哗地游走。从街道进入店面只须架一座木板桥。在一条街进入另一条街时也许只需要一个简易的石拱桥。每一座石拱桥都是一个无限美好的景点。我在桥上做了一个欣赏的动作准备留影，忽然听见一个男子哎呀一声的惊叫。原来他在选景时过于投入，女友还没进入镜头却把我准备好的姿态摄入其中了。

　　我还收藏了古城墙上的壁画，收集了各家窗台上，院门外露出的盆花或者高大的花木。没有一处不是美景。我忽然想留下来。或者希望古城说一句话让我留下来。但是古城依旧是沉默的。留下我吧，丽江！留下我，古城。就像任何一个来自遥远的远方的流浪客人。他们都留下来了。简单的维持生计而后泡在艺术的店堂里。我几乎要抛弃我的现实留下来了，但是古城并没有说话。我只有把古城装在我的梦里了。也许有一天我还会回来，也许我回来之后就再也不走了！

我抬头仰望，几乎每一条街道都挂着一片云彩。留下我吧，丽江的云，让我像你一样飘在古城的上方。无限神往，无限眷恋。

在汶水的河堤上走一走

在泰山山顶极目远眺，地处泰山之阳的地方，还盘旋着一条巨龙，这条巨龙便是汶水。汶水是黄河在山东的最大支流，也是黄河最"任性"的孩子。它自东向西，桀骜不驯，绕行泰山，汇大清河，拥抱黄河母亲。我的家乡是被汶水孕育的汶阳，是黄河与泰山最具血缘的亲戚。

周末驾车在大汶河河堤上畅游，与汶河同向自东向西，沿途经过我的村庄，我的大姨二姨的村庄，我的姥姥的村庄，还有我的奶奶娘家的村庄。忽然间感觉汶河像躺下来的母亲，她的血管向北延伸的地方形成了家乡不同的村落。向南延伸的地方则形成了宁阳不同的村落。这些村落里一代一代的人不停地奔走，比如我的家族，无论我的姥姥还是奶奶，她们都是从西边嫁到东边，然后生下我的母亲和父亲。她们一步一步，一代一代逆着汶河的方向行走，是不是冥冥之中有一种向心力，要更加接近于汶河母亲的腹地？就连我自己也惊奇地发现，我也是在从西面嫁到东面，进入三娘庙村。

车子继续向西便到一座大桥——堽城坝大桥。桥南是肥城,桥北是宁阳。我听过我姥姥讲她的小伙伴的故事。小伙伴与姥姥一起早起做馒头,然后挎着一篮子馒头走着去桥边的路口去卖。她们把头发梳得油光发亮,穿着好看的斜襟花袄,尽管有的地方还打过补丁,一路颠着小脚走啊,走啊,来到路口。虽然一双天足裹过又放过,但一路走来依然累得脚底生疼。路口来来往往的人,有的从宁阳去肥城,有的从肥城去宁阳。过路的停下来买几个馒头,也顺便停下看几个穿花衣服的年轻姑娘与小媳妇。姑娘们在自己的村子见过的客人少,尤其喜欢来这里走走。姥姥的小伙伴家里殷实一些,有一辆破旧的自行车,可是她不会骑,只能推着车子去卖馒头。她把车子停在河堤,眼睛专注地看着路口来来往往的人,揣摩他们的行踪,猜测他们的年龄。要是正好路过一个英俊少年,还会想象少年的性情是否能作为夫婿。天黑了,馒头卖得差不多了,回去时却发现自行车丢了。那是多么昂贵的一辆旧车!她吓得不敢回去,在河堤上哭了一个夜晚。夜里,汶河里水流哗哗,时不时有蓝色,红色的,绿色的的磷火飘过。她听老人们说过那是鬼火,想着至少有三个水鬼过来询问她,是不是要带她走?她捂住耳朵,闭上眼睛,心里默念"泰山石敢当",心竟然安定了下来。从那以后,她不再去路口卖馒头,家里为她寻了一门亲事,然后开枝散叶,一大家子人渐渐过上了殷实的日子。

"泰山石敢当"如何具有如此大的魔力?"石敢当"是远古人们对灵石崇拜的遗俗,明代以后,石敢当信仰与东岳泰山紧密结合,发展成"泰山石敢当"。它的功能有"镇宅""化煞""治病""门神""辟邪""防风"等,形式以小石碑或小石人立在桥头或贴在农家宅子的墙壁。传说石敢当是泰安地区的一名医生,能够降妖捉怪,无所不能。"泰山石敢当"这几个字刻在石头上,放在家里或砌在墙里,保家人一生平安。小时候我最早在二伯父家里见过"泰山石敢当"的小石人，我觉得面目有点可怕，所以才能镇宅吧！宋代出土的唐大历五年的石敢当上刻有"石敢当，镇百鬼，压灾殃，官吏福，百姓康，风教盛，礼乐康"，可见"泰山石敢当"在人们心中的地位以及它的作用。

二伯父和伯母都没有上过学，可是他们都认识"泰山石敢当"五个字，把它们念得铿锵有力。我的伯父与其养子情同亲生，伯父供他读书写字上学，他也聪明伶俐，学业甚佳。只是这个哥哥十几岁时往脱粒机里放麦个子，不小心将食指与中指给脱粒机卷了进去。伯父抱着十几岁哥哥去了几十公里的医院，抱着他做完了手指的断指和包扎手术。从此，他的手指只剩下三个，分别是拇指在一侧，无名指与小指在另一侧遥遥相望。小时候我好奇地以为他长了一把大钳子，又觉得长了一只大螃蟹。后来读到丰子恺先生的《手指》，其中说到无名指和小指时说："无名指和小指，体态秀丽，样子可爱。然而，能力薄弱也无过于他们了。无名指多用于研脂粉、蘸药末、戴戒指。小指的用处则更渺小，只是掏掏耳朵、抹抹鼻涕而已。他们也有被重用的时候。在丝竹管弦上，他们的能力不让于别人……"真正具有重要作用的其实是拇指与食指。他拇指虽在，却是失去了食指这个伙伴，实际上已很少起到作用。倒是无名指和小指这种很渺小的手指有了更大的用途。

他当然不会研脂粉、蘸药末、戴戒指，也不会在丝竹管弦上大秀才艺，更不会翘起兰花指。他所能用到的无名指和小指就是夹紧毛笔的笔杆，在红纸上写出了对联。他写对联时不用看相关的书籍，那些文字早就胸有成竹。春节时，他写"天增岁月人增寿，春满乾坤福满楼""一帆风顺年年好，万事如意步步高"；结婚时，他给人写"莲花开并蒂，兰带结同心""百年琴瑟好，千载凤麟祥"；开业时，他为人写"财源通四海，生意达三江"……只有在写对联时，他的三根手指才在乡邻的眼中变得光亮起来。他们拿着裁好的红纸，口袋里掖着一盒烟，或者买一斤豆腐、豆腐皮，或者带一把青菜，拿两瓶酒，一斤茶叶，还有的什么也不用带，直接叫着大侄子的名字让他写。他也乐得动动手指，三天不练手生，正好可以龙飞凤舞一番。我不知道他写的是什么字体，现在想来大概是行书。只要是他见过的字都在心里一一拍了照片，是怎么都丢不了的。到了对联都可以打印的时代，找他写对联的少了，而村里墙壁上的宣传栏和壁画又多了起来。他用他的仅存的三根手指，具体说应该是两只手指在墙上涂涂画画，又挥洒出了一个鲜亮的世界。这是一只从没有学过绘画和书法的手，是被上天赋予的灵气还是被"泰山石敢当"赋予的刚强？

我从小看惯了他的手，从来不知道他的手是残疾，我以为那就是写毛笔字的手，那就是天生的一只具有神性与灵性的手。那只手也写过"泰山石敢当"，那只手也将"泰山石敢当"的小石人贴在墙壁上，保佑家人平安健康。那只手服侍过我的伯父和伯母，那只手也跟着他走过岁月，没有再回头。他们都去世了，在汶水之滨找到了永恒的归宿。生于斯，长于斯，长眠于斯的地方，那才能称作家乡。

这个河堤，我姥姥用脚走过，我父亲的自行车驶过，到了我们这一代，有了家庭轿车飞驰而过。我们的步子越来越快，难道不是祖先们给我们创造了根基？在这条长长的河堤上疾驰，我们是黄河最细最细的毛细血管，是"泰山石敢当"赐予水边的人以善良、柔韧、刚强与磨砺。真正的"泰山石敢当"是家乡的人们内心祈求国泰民安、富足幸福的愿望。坚如磐石的"泰山石敢当"都是敢于担当的图腾，是华夏民族生生不息的力量。

小隐隐于野

　　我从一个大平原来到了山区。这里的山区已经成为县城开发区，发展为一个小小的城市。我居住的地方是山的最低段，楼的后面有一个湖。从传统住宅风水上来看，人们更喜欢湖在房子的前面，称为阳宅。我这里不算阳宅，但我喜欢这里的安静，像是隐居，哪怕忙里偷闲，只有一天。

　　"蝉噪林逾静，鸟鸣山更幽"。我又听到了蝉声与蛙鸣。湖边的树很茂盛，多是槐树，没有整齐的队列倒显得悠闲自在。有的树在水里，有的树长在岸上。长在水里的树，依着树还建了亭子和曲折的走廊。长在岸边的树，树与树之间长了叫不出名字的灌木，有的开了叫不出名字的小花。花朵少有淡雅含蓄，更多的热烈奔放，万绿丛中的一点颜色，每一朵都很妩媚。

　　灌木丛中时时见到高于灌木或低下去的泰山石。这些石头没有名字，不引人注意却让人感到了踏实与厚重。如果没有了这些石头，我会感觉这个湖像是以前村里巨大的水坑。无名的石头更安静，让人想起隐居的贤人。我们现在已经找不到可以隐居的地方了。只有蝉声提示我这里还算宁静。蝉的叫声响亮，可劲地叫，就像从来没有发声过一样。我喜欢这样的蝉声，只有临近树和水的地方才有这样的蝉声。我没做教师的时候也喜欢高歌，但做了多年之后嗓子坏了，走下讲台不愿意多说一句话。听歌听音乐代替了唱歌。只有音乐可以直达人的内心，也只有音乐可以使人浮躁的心安静下来。晚上也能听见蝉的叫声，同白天一样嘹亮。夜里不时看到手灯照的光柱穿梭在树林间，那是晚上寻蝉蜕的孩子。我好像一下子回到了童年寻蝉蜕的日子。我害怕吃蝉蜕，觉得那种动物很难入口，总感觉蝉蜕的爪子会在我口中抓挠，吃下去又会在我心里抓，于是从不知道那种滋味。一般的孩子都喜欢吃，我同他们一起玩的时候都是找褪下来的皮，据说可以卖了做药材。我小时候就很想找到赚钱的途径，积攒了一些皮，也不知道哪里可以收，最后都没有坚持下来，不知道扔到哪里去了。我见过我朋友家里两大袋子知了皮，让我震惊不已，不知道能换多少钱呢？她也只是积攒而已，也不知道到哪里去卖。后来她长大了，开了店，做了生意人。我呢，还像小时候做事没有恒心，忙碌而平庸。

青蛙也是可劲地叫。仔细听听，那蛙声高低错落，每一声都不同，没有重复的。我儿子最喜欢口技，他模仿的蛙声非常逼真，尽管平时不爱说话，但大自然的声音他却能用口舌的声音表达出来。青蛙叫的时候一定都很快乐，吃饱喝足高歌一曲惬意得很呢！

"小隐隐于野，大隐隐于市"，古时隐居的名士大多是专注于研究学问或是对当时社会不满而不愿意出仕的人，也有魏晋时期为了自保而隐居的贤人。小隐者，他们选择耕田、打柴、贩卖、清谈。大隐者，他们身居闹市而做到清静无为。隐士一般被认为是消极避世没有兼济天下关注民生的人，殊不知隐士们更多的是坚持操守、不慕权势，守着良心的人。因善良而显得无能，因单纯而显得迂腐。他们没有功勋，没有财富，最后都成为乡野草民。

"小舟从此逝，江海寄余生""采菊东篱下，悠然见南山""无丝竹之乱耳，无案牍之劳形""深林人不知，明月来相照"……蛙鸣不再聒噪，强于那世间聒噪之人，青蛙的鼓起的腮帮也不见丑陋，胜过世间那些吹嘘拍马的喉舌，甚至青蛙凸起的眼睛也强于世间的势利之眼。有时觉得青蛙也很漂亮，很可爱。怪不得有人愿意养一只猫或狗独立居住也不愿意在卧榻之内让人安眠。萨特说，他人即是地狱。独处让人安静、让人思考、让人找到了自己的主体性。只要是陌生的地方，我便觉得是在隐居。走在大街上你可以素面朝天，没有人认识你，没有人搭讪也不需要跟别人搭讪。萍水相逢的过客更像诠释我们匆匆而来匆匆而去的人生。当我不说话的时候我觉得心里最为充实和踏实，这也许是人将自己置于自然中或者四处旅行的妙处吧！因为陌生而放松，因为自然的博大而感觉自己的渺小，个人烦恼也就不值一提了。

隐居的实质是回归和坚守。来自乡野又回到乡野，生而为人又回到人群。只是这里的人群是小国寡民，"鸡犬之声相闻，老死不相往来"。没有攀比、嫉妒、嫌恶，没有利用、谄媚、诬陷。因为陌生，各自找回真正的自己，无比真实地活着。

——选自《今日新泰》

　　我常常两耳不闻窗外事，被朋友戏谑为太官僚。我官僚吗？我手底下只有两个兵。我的两个兵，就是儿子和女儿。

　　儿子喜欢突发奇想，比如他问我，妈妈，我长大了结婚时也要骑马吗？再比如，他说他将来的新娘的名字要有一个"白"字。我说是"白骨精"的"白"吧？不，他说是"白雪公主"的"白"。我当然知道他说的是白雪公主，我喜欢偶尔戏弄一下这只小兔子。

　　关于将来结婚的设想，女儿说她长大了要嫁给她班里的某某某某，还是四个字的名字。儿子反问她："难道我很差吗？"让人忍俊不禁。

　　孩子经常调皮，惹人厌烦。儿子叨扰我时还要嚷嚷："七岁八岁狗也嫌，狗也嫌，狗也嫌。"本来自己就是惹人嫌的小狗，但听起来意思就正好相反了。他们让人动怒的时候非常多，让人快速衰老的事情就更多了。尽管如此，他们依然是我多年前的梦想。我曾梦想张开双臂的时候不虚空，喜欢孩子结结实实地被我揽在怀里的感觉。而现在，孩子被我推开的时候居多。为什么要推开他们呢？有什么重要的事情需要推开孩子呢？不是因为长大，是因为忘了自己的初心。

我还记得去医院做检查时，看见过一个年龄很大的女人。当时她在座椅上等待叫号，就主动跟我聊起了她的过去。她做过各种各样的手术，曾有两次宫外孕！她说她多么想做妈妈呀！如果再一次不成功的话，就终生放弃了。看着她的黑白夹杂的头发，谁会想到她才三十九岁，可看起来感觉五十开外了。

是的，你现有的生活，正是你以前所期望的，只是有时候你看不到罢了。

前几天见到了久违的好朋友，本想告诉她我刚刚出了一本小说集，可是转瞬看到了她眼角的细纹，沧桑了的面孔，我就什么也不想说了。曾经我们都有相同的爱好，曾经一起写，一起读，一起投稿，只是后来我们都嫁给了生活，身不由己。对我来说，能够有闲情来出一本书，能够在忙碌中赏花望月，这就已经很奢侈很美好了。对她而言，小时候的梦想不再，可现在她有了新的追求，新的愿望，不伤春悲秋，也不敏感多情，豪爽而滋润。我怎么会让奔波的人来为我的闲情逸致捧场呢？

一个风情万种的中年女子，不知道相恋四年的大学恋人，与她生活在同一个城市。从来没有同学告诉她，也从来没有听朋友谈起过他。也许谁都知道，她的生活很幸福，他的生活也刚刚好。维持生活的原判，不去妄想，不去脱离原本的生活轨道，这不是满足现状，是珍惜当下和眼前人。

可是有一天她的生活全被颠覆了。丈夫的背叛，孩子的远离，她成了孤家寡人。谁说她的生活刚刚好呢？真是跌入谷底，一塌糊涂。然而，她忽然找到了一份安静的心灵。还有什么不幸能超过她彼时的境遇呢？

那晚她梦见了一把很高很高的椅子。她爬呀爬呀，终于坐了上去。醒来后她看清了眼前的路，全身充满了力量。人的一生走到一半，还可以从头开始嘛！于白天，她把经历投入到工作上去，晚上就出去教人跳舞。不到半年，她在一个偶然的机会里寻找到了真爱。

　　无论你境遇有多糟，你宁肯相信现在刚刚好，从谷底起步，你的步子将越走越高。

　　——选自《今日新泰》

晚熟的人

凡走进这个屋子的人，都是游戏的高手。他们的游戏，倒不是说电子网游，也不是什么室外捉迷藏类的戏耍，而是不动声色藏在心里又不经意显露在指尖、暴露于桌上的消遣。

有人把钢笔转出了新花样，无论顺转逆转都像一根看不见的线在运作。有人在捻陀螺，无论顺捻逆捻都能转的欢畅洒脱。有人在把玩钥匙扣，打开，合上，再打开，再合上。还有个女孩对着刘海向上吹气，一下，两下，然后天女散花。

他们按号码顺序被编在这个考场里，号码顺序的排列便来自于上一次他们在卷子上书写后被冠以的阿拉伯数字。这些数字位数看起来比大部分人少了——有的两位数，还有的一位数。无论如何，铃声想起后，他们依然能够规规矩矩坐下来，闭上嘴巴，或者懒洋洋翻弄一下试卷，写下不足的几个汉字、字母或者数字。上帝偶尔打了个盹，这世间就有了这样一群人。

这群人里却有一个平头正脸、皮肤白净、戴着金框眼镜的男孩，像是刚刚从偶像剧里走出来的俊眉俊眼的书生。

书生翻开长长的语文试卷，找到书法练习题。他拿起备好的美术笔在纸上刷刷写着刚劲秀美的楷书。写字也是需要气的，此时似正有一股神游之气充斥于胸，容不得停留和歇息，四行书法一气呵成。他满足地挑起眉梢上最生动的一根眉毛，只有我看见了他的得意与满足。字迹未干，黑色的油墨在透过窗户的阳光下闪烁。书生有大把的时间等待，这不是考场，而是他肆意挥洒的舞台。这里的光阴也从来不会箭一般飞逝，更好似静水流深。

书法练习题告捷，书生翻到最后的作文题目，略一沉思便下笔千言。

"且说那唐僧师徒取经途中，八戒私藏了一枚人参果。这人参果被打落时尚未熟透，落地即没入土地公怀中。土地老儿惜他未长成人形，在怀里揣了八八六十四个白天，八八六十四个夜晚。这人参果吸了土地公灵气快速幻为人形，长了心，动了情，却不想又被八戒惦记，背着师兄悟空要了回去把玩。幸得这枚昊子聪慧，在八戒取经返回途中追赶一女子之时倏忽跳入女子腹中，十个月后哇哇一声啼哭，我便带着各种灵光出生了。"

我正看得起劲，不知道这枚人参果将来会怎样，他却搁笔不写了。我催着书生快写并拿起了好看的美术笔递到他手中。

"足矣，足矣，写到身世，剩下的全是人间。"书生道。

不，写到这里还不足以得十分，一篇作文满分为五十。

"也罢，也罢，再写一段！"

"自人参果转世以来，我依着他们人间的年岁，算来正好十三。十三个寒暑，他们教我数学，岂知我早就学了天书，无所不会。数学试卷，不屑着笔。他们又教我拼音识字，又怎知我早就造诣精深，只装作频频颔首，铭谢师恩。他们还教我英语，怎知我前世在天界精习各路生灵言语，何况单单是人？他们都称我为天才，却恨我不用功。怎知我悉数全会，只是不想以我的灵气殄列第一，占尽了学霸们苦苦下的功夫。"

书生停笔，我继续催其快写。

"足矣，足矣。"书生说。

不，就现在这字数只可得二十分，作文满分得五十。要知道你不是为自己而考，而是为老师的教育业绩。你恩师下月退休，此次考试为老师退休前的最后一次成绩，他希望有一个圆满的句号结束教育生涯。

"也罢，也罢，若为恩师，我且再续行文，一段足矣。"

"人间科举，现为高考，高考之前，另有中考。年年末考，月月月考。每有考试，我皆低眉颔首，不以灵气欺人，只愿与一众庸人兄弟姐妹同坐同写，共享平凡。夜晚每每与土地公下棋，师父教我不可锋芒毕露，惹得仙界八戒又寻我而去。双亲大人皆以我智力尚可，心智未熟，戏称我为晚熟之人。感念双亲，一粥一饭，哺育成人，只待二九一十八岁，俸养父母之后，四处化缘，了结此生。"

书生放下美术笔。我连连摆手，不可，不可……

书生笑着，"一篇荒唐小文，当不得真，你果真以为我是人参果转世？嘻嘻，都是我一派胡言。"

"我可以出去接一杯水吗？"

那个吹刘海的女孩已经口渴，杯子的水空了。回来的时候不想被脚底下一个空书包险些绊倒，一个趔趄将水全部洒上了书生的试卷。可惜满满一页妙文全部模糊。真是天意如此，造化使然。

陀螺累了，钥匙扣也觉不耐烦，有鼾声渐渐响起。晚熟的人在白天补觉，我都不舍得叫醒他们了。

消失的她

多多从口袋里拿出一块糖，剥掉糖纸。

"薄荷味的，润喉糖！"他把糖放我唇边，我感到香气从鼻子立即进入我的肺。

散步的时候我喜欢安静。这一天中说的话够多了，有时最怕遇见熟人打招呼，有的还要停下来多聊几句。

路过体育场的时候，我们找了一块干净地方坐下来。我说我的脚跟开始疼了。

"你可以不穿高跟鞋出来的。"

"只是习惯而已。"

多多并没有像那些爱情小说里霸道总裁那样子，只要女主脚疼，立即走进高档鞋店给她买一双昂贵的运动鞋。

他捏了一下我的脚踝，还问我是胖了还是肿了。

"如果是肿了，按下去会有一个窝。"

"你胖了！"多多说。

我白了他一眼，扭头向左看，一个穿白裤子的高大男人牵了一只白色大狗正向这边走来。

男人的装束看起来有洁癖的样子。凡是穿雪白衣服的男女，我都认为是有洁癖的人。他们干净，赏心悦目，尽管是有洁癖。

"多多，好久不见，与小嫂子散步呢！"男人过来与多多搭讪。

多多站起来，这才发现来人是自己的同学。

"介绍一下！"

"我同学宇昂，'气宇轩昂'的'宇昂'，县医院骨科大夫！"多多站起来的时候，我也站了起来跟他打招呼。

多多跟宇昂在一起像弟弟与哥哥。宇昂比多多高出半个头，他把一只手搭在多多肩膀上，多多比刚才又矮了一截。

"拉拉，见到美女姐姐要打招呼！"叫宇昂的男人又用另一只手拍了一下自己的狗。

"它叫拉拉？"

"是，拉布拉多的拉，跟你家多多的名字合起来，正好是拉布拉多，哈哈哈！"

"去你的！你家的狗能跟我放一起吗？"

"我家拉拉可金贵着呢！"

拉拉走过来，抬起它的前爪跟我打招呼。我看到它的眼神是温和的依恋的，像女人的眼神。它倚在我身上，像一个老熟人，其实我是第一次见它。

"拉布拉多很好的，与人为善，你不用怕它！那些导盲犬和搜救犬很多是拉布拉多。拉拉小时候会拆家，大了就好多了，还体贴人。"

拉拉的毛真干净，还白得那么无辜。拉拉体型高大，足有一百多斤吧！它的高雅和温顺让人想到狗主人家里富足与高贵的生活。

　　今天在班上讨论的最多的就是宠物。能够养起宠物的人要有钱，有时间，还要有爱。

　　多多顺便问了一下宇昂，一个人的脚跟疼是什么原因。

　　"小嫂子脚跟疼吧？是从小跳舞长期劳损造成的，平时注意休息就好，还有不要穿太高的鞋，你个子挺高的，再穿高跟鞋，把多多都压一头了啊！"

　　后来，宇昂带着拉拉走远了。

　　我问多多宇昂的老婆为什么没有一起出来散步。

　　多多说，几年前他们便离婚了。

　　"拉拉是在离婚前还是离婚后养的呢？"

　　"这个就不清楚了，这个有什么关系？一个爱狗人士的离婚与爱狗又有什么关系？"

　　女人总是喜欢八卦的。我其实也是一个隐藏版的八卦女人。骨科医生不让女人穿高跟鞋，妇科医生反对女人穿紧身内衣，所有的医生都说宠物有细菌和寄生虫。可是宇昂这个医生却养这么大个的宠物。不知道一天要给它洗几次澡，隔多少时间打一次疫苗，还有生病了要跑多少回宠物医院。拉拉的食量又是多少。铲屎官怎样才能做到家里没有异味？拉拉的毛是怎么处理的？每天怎样才能抽出时间陪拉拉出来散步？

　　"我的意思是如果拉拉在离婚之前就有了，但凡宇昂对妻子有对狗的一半好，妻子和孩子也不会离他而去。要是离婚后养的拉拉，他对狗都这么好，怎么可能将老婆孩子过没了呢？"

　　"谁知道呢？我只觉得狗始终如一，又不吵闹，挺好！"我怎么觉得多多的这句话是在说我呢！可是——女人，只要你持续不断地对她好，她是不会离开你的。

我想起拉拉温顺和依恋的眼神，心里猜想着那个消失的她。

我其实也很想养一只狗，养在院子里，而不是只让它待在阳台。它想什么时候出去就出去，但我出去的时候，它得陪着我。

——选自《我们都爱短故事》

第五辑

文论篇

作家为什么要用笔名

　　写作是一个很私密很孤独的活动。在这个过程中，他不喜欢被打扰，被干预。他选择晚上，夜深人静，那是人类休息而神开始活跃的时候。一定有神灵在助人思维，摒弃了白天的芜杂，琐碎，剩下的全是内心和看得见的灵魂。

　　他写作的时候，忘了自己，没有了自己，因为自己全暴露在作品中了。他的爱憎，他的参悟，他的生活，他的阅历，无一不暴露在作品里。他无法不写自己，尽管换了名字，更了场所，又或者穿越了朝代，都无法躲避自己真实的内心。他也可以戴着面具写作，但面具不能让他血脉喷涌，那是假的，他写作的目的就是为了真实袒露自己的内心。

　　他也可能写一些应景的虚假的文字。那些文字只需在白天任何喧嚷的环境里都能像自来水一样哗哗地流出来。他不愿意去浪费自己，所以对应景的文字选择躲避和放弃。

　　他竭力把自己打造成熟悉的陌生人。越是熟悉的人，越不想让人了解他的内心。从现实到作品，真的无所躲避。他选好了一个名字，又更正了一个名字，那些幼稚浅薄的作品，又更正了一个名字。他可以肆意书写，但不想让人知道他在书写。真正的作家，只在乎作品，只在乎将自己的灵魂赤裸袒露的过程。事实上没有多少人会全部袒露自己的内心，而作家则相反，他在竭力袒露他的真诚。他无法不真诚地毫无心计地去书写。

当历经千辛万苦终于告罄了一部作品，他该休息了，回到阳光下跟常人一样快乐的生活，可是在外面走一走的时候，他看到一花一草也会感怀，于是另一部作品又开始在脑海里构思。他不会有真正的休息，他的脑子一直在思索。因为不断地去袒露真实的自己，为自己又写出的作品而欣喜若狂，他已经对世俗生活里那些浅薄的东西而嗤之以鼻，因为他根本没有闲暇。于是，迂腐和清高是世俗给他的评价。有时，他的心智就像一个几岁的孩子，或者还停留在十七八岁少男少女的青春年代。越是年长，作品里的文字越是炉火纯青。写作不单单是深夜里的码字，而是一种修行。

每当写完一个作品，他会忐忑，还有哪个字句不够锤炼或者鲜活，还有哪些虚构的地方不够真实？他不够自信，他愿意听取各种人的观点，千锤百炼地去修改。直到作品发出来，他再也不能拿到电脑上去砍削为止。他的所有的对自己的暴露和不自信都不想让作品与本人联系起来。作品一出来就是大众的，独立的，与作者这个活生生的人就没有关系了。所以，他愿意用笔名与作品建立一种关系，仿佛那是另一个人在写。他希望他与邻居一起在街上聊聊天气，晒晒太阳，但不希望让邻居知道，他就是那个让人家喻户晓的大师。当然，这可真不是产生大师的时代，而且还是一个将作家这个名词进行嘲讽的时代。但是，越是功利的时代就越是选择不功利的书写，这反而会成为最大的功利。为了减少对自身的嘲讽，他也想弄一个笔名来保护现实里的自己。

因为他不断地透支和燃烧自己，上天对他垂怜，不想让他在世上活的太久，想让他早早地去天堂生活。上天牢牢记住了他的名字，于是为了躲避上天的恩赐，他也不断地更换自己的名字。那不是与上天在捉迷藏，而是他有很多话还没有说完，他喋喋不休地书写，争分夺秒地书写，无论是否发表出来，作品必需要产生出来。发表可能是身后的事情，尤其在若干年后，他已经去了天堂，还有个与他相似的人捧着他的书阅读，他在天堂也会微微一笑，那他的人间生活都是值得的。他必须要有自己的一个心仪的名字，即使是一个简单的名字，也暴露了他的内心。

——选自《今日新泰》

我二十二岁的时候，刚迈出校门就做了你们的老师。而今天，你们都二十八岁了。时光将你们养大，是情谊让我们师生又坐在一起。

回想那个时候，你们那么小，但是一年长大一截，现在一米八三的个子了，站在老师面前，我必须要仰望。终于知道，你们长大了，不再是那个因为班里扣了分就哭鼻子的男生，不是那些不敢高声语，只管上课喊喊喳喳的小女生。

一个青涩的女教师，曾经站在讲台上，面对捣蛋学生写下这样一句，至今仍让你们提起。那句话，曾经是我的高中老师也同样写在黑板上的："你以为你是谁，你什么都不是，狗屁！"这么犀利也这么粗口，然而你们都记住了，我也记住了，并且时时鞭策自己。这句话可以给自己，也可以给任何你迈不出去的坎。你可以用蔑视的一颗心面对万物，也可以用来提醒自己。当你傲慢不可一世，当你觉得活得可以了的时候，你还能够清点自己继续前行。

我最欣慰的不是你们哪一个人能够更高更强，而是无论你自己站在什么舞台都能够谦卑又傲然地看待一切，面对一切。你的学业能否成功，并不是判定你人生的一个准则，这在已经长大的你们，早已认清这个事理。但是你的学业不成，会面对更多的艰难。成功的教育，不是让你考上什么学校，而是让你成为什么样的人，有什么样的修养，有什么样的心胸。是让你过得更好，更健康，更幸福。现在的你，无论住着什么房子，开着什么车，有什么样的社会地位，只要在这浮躁的社会里能静下心来，有幸福就去珍惜和品味，没有幸福就去寻找和追求就可以了。人生真是短暂，来不及叹息，来不及比较，来不及沾沾自喜或者万念俱灰。

　　你们六十三个人，是我深入社会的第一篇处女作。当你们现在转载了我的作品时，我又想起了那时给你们修改作文的场景。你们的字迹，你们的作业封面上的名字我都记得清清楚楚。当时的小脸与现在青春漂亮的脸蛋都写着岁月的痕迹，而且每张脸都能与你们的作文一一对应。记得那天早晨，我像往常一样来到学校准备进教室，而主任告诉我去中心中学报到。突然听到这个消息，我很是不舍得你们，班级成绩刚有转机，正是一腔热血，大展宏图的时候。我坐下来继续批改作文，班里的那次作文还没有批完。我不想去班里告诉你们我要走的消息，我怕我说不下去，说着说着就怕自己哭了，也怕同学们哭了。我是一个最不能控制自己感情的人。你们是我人生中第一批学生，更像自己的弟弟妹妹。如果我去说我要走了，接下来，我该说些什么，什么也说不出。

　　刚刚接手我们班时，我发现了那么多聪明伶俐的小孩子，特别特别欣赏你们的长处。每个孩子身上，都有我喜欢的特点。当别的班的老师或者其他任课老师说到你们，我总觉得你们不是那样的，调皮捣蛋不是性质恶劣，那只是年龄阶段的活泼好动。这个第六十三名的大男生，现在是个幽默搞笑的老板。你虽然成绩总在最后，但上学的时候总是第一个来给同学们生炉子。另有一回我让你们去讲台上讲故事，只有一个女生勇敢地走上去，为了激发你们，我下了一个断语：若干年后，只有她是最出色的，你们都不如她。这句话一定激励着她，如今做着你们男生做的事情。而你们呢，如果记住了我这句激将法，肯定要争一口气。而我当时说这话的目的，小小的你们，怎么能够体会到？

我还在批改作文，旁边的老师说："都要走了，班也不是你的了，学生也不是你的了，还批改什么呀？"可是我得把这一期作文改完。就像一个母亲将不久于人世，即使她要走了，她的孩子仍旧是她的孩子，她还是希望孩子过得好。我跟课代表说着下一步的复习计划，接下来的老师会按照我的计划来教学吗？

你们现在笑着说我的教鞭，总是看到孩子们的泪水，心就软了。狡猾的孩子会早早把泪水挤出来，回到教室依然故我。我想，咱们不是敌人，警示一下你们就够了，难道让我把你们打个皮开肉绽，死去活来？你们用小伎俩来欺骗一个小老师，只能是美好岁月里最美好的记忆。那时候，你们有童真，我有青春，都是多么珍贵的无价之宝。如果我没有调走，我会教你们更多无用之用的东西。你们应该知道，无用之用比有用之用更有价值。分数不是教育，分数只是考试，分数不能评价你们，也不能评价老师。十年树木，百年树人，真正教给你们的有价值的东西，都在课本之外。

我们相处一年，但是会记住一辈子。以后你们遇见过各种各样的老师，他们其实也跟我一样爱着你们。当你不是老师的时候，你不懂得做一个老师的情怀。当你将来为你的孩子选择老师，你是否眼睛盯着班级耀眼的成绩？你是否让你的孩子误入拔苗助长的深渊？愉快地生活，愉快地长大，这才是你给你的孩子最珍贵的东西。普普通通的老师，也许是最本色的老师。没有光环的老师，也许是最真实的老师。有的人有着钻石的光芒，有的人却温润如玉。

想说的话很多，你们的道路更加漫长。愿天下的老师与学生相互欣赏，相互爱戴。愿教育少一些功利，多一些人文。你们的腰包鼓了，你们的心灵也要变得成熟。我希望我以你们为荣，希望我花甲之后看到更加谦卑低调功成名就的你们。还要祈祷我们的国家富足，百姓安乐。无论世俗如何占据我们的身心，胸怀天下，造福苍生，你们会走得更远，站得更有气魄。我也会眼睛向下，以悲悯之心写人间世事。与大家共勉。

　　　　　　　　——写在 2016 年 10 月 29 日与学生分手十六年重聚之际，以此纪念。

自然与人性的融合，读沈从文小说《夫妇》

沈从文的短篇小说《夫妇》以"璜"的叙事视角向我们叙述了一个故事。

璜想本来想在乡下治疗自己的神经衰弱，后来因为一件事情让他决定再返回城市。这件事便是乡下人捉到了一对夫妇在某处堂而皇之做男女之事。乡下人中有壮汉，妇女，老人，孩子。他们将夫妇二人当做私奔的男女捉来审问并欲鞭打。练长想从男人经济上揩点油，壮男子堂而皇之摸女人的脸。他们后来知道了两人是夫妻而非苟合的男女，也还是不愿意放过。大概年龄大的人忘记了自己也曾有过那段躁动的岁月，妇女们也因为自己淡漠的生活而见不得别人的活色生香，还有那些没老婆的单身狗，两夫妻的行为是多么刺痛了他们的神经。他们自己是无聊的，但也不能允许别人有趣味，尤其是那种男女之间的野趣。

其实这一对男女一早起来去岳父家，只是路途中看到了美景，受到了景物的熏染与风的撩拨，两人是新婚，当即想起了做男女之事。人性的欲望与自然就这样融合在一起。偏偏他们的行为被乡人发觉，然后两人被几个壮汉捉了当众审判。这是多么荒诞和悲凉的事情。不知道哪个促狭的还将一朵野花插在年轻女人的头上暗讽。女人没有羞耻感，只是有些恐惧。

后来，璜坚持让乡人和练长放过他们，最终在去见过官之后，两人终于上路了。璜看到女人从头上拿下来的那朵野花，竟然想让女人送给他。他捏着那朵花的时候想着如果他也有这样的一个女人，是否也会在心里蠢蠢欲动。

沈从文的文字充满了自然与人性的融合。他是赞赏和追求这种自然欲望的。他是乡土文学作家，文字里充满了城市与乡村两种生活的观感。他希望在乡下找到原生力量，但在文字中我们看到乡下的原生力量也要灭亡了。小说中的夫妇二人被戏谑，被捉弄而行不通，他转而又回到自觉较文明的城市。但是，他在城市里是否能治好自己的神经衰弱？能找到他向阳的生活和理想中的生活？

沈从文跟他的学生说过："这世界或有在沙基或水面上建造崇楼杰阁的人。那可不是我。我只想造希腊小庙，选小地作基础，用坚硬石头堆砌它。精致，结实，对称，形体虽小，是我理想的建筑。这庙供奉的是'人性'。"

沈从文的希腊小庙，何尝不是我们每个人都想建立的自己的希腊小庙？

在建国初期，沈从文并不在主流文学之列。他也曾被指成反动派，也曾自杀过，但一切都走过来了。内心强大的人，总是在别人风光的时候打造自己的希腊小庙。他转而研究历史，取得了不朽的成绩。作品是作家的孩子，每一个文字都是作者心灵的外化。尊重人性，敬畏自然应该是文艺创作的永恒的主旋律。

小小一碗清汤，
彰显人性之美
——读刘庆邦《清汤面》

读了刘庆邦的短篇小说《清汤面》，读后禁不住对矿工肃然起敬。

这是一篇彰显人性之美，满满正能量的作品。女主人公向秀玉是矿上的拣矸煤的工人，一个月可以赚一千多块钱。她生活简朴，勤奋工作，生活上对自己很苛刻，可是对孩子的生活一点不含糊。她让女儿到杨旗阿姨的面馆吃三块钱的清汤面。前两次杨旗都没有收钱，可怜向秀玉没了丈夫，孩子没了父亲。向秀玉觉得不能让女儿做可怜虫，内心的自尊自强与不向生活屈服使她拿着钱找到杨旗。杨旗拗不过，收下了她的钱，可是第三次又多给了孩子一个荷包蛋。向秀玉只好让女儿到别的地方去吃。按说这样应该结束了，可是有一天杨旗哭着说她再也做不下去了。面馆的生意这么好，并不是因为她做得好，实在是矿上的人可怜她没了丈夫，同情她，帮助她，天天来照顾生意，有时还多给钱，不让找零钱。三块钱的清汤面，有人给十块，还有的给一百。她再也不能看到客人的眼神。原来向秀玉的丈夫与杨旗的丈夫都是在一次矿难中死去的。

小说以清汤面为线索和道具，在情节的安排上，从向秀玉的工作写起，引出清汤面，从而写到吃清汤面，还清汤面钱，然后将向秀玉和杨旗放在一块表现她们的性格与内心。她们的命运就这样融在了一起。小说结尾点出了她们的丈夫共同遇难的背景，显然是抖了一个包袱，让读者的眼睛湿润。读到最后，一些读者肯定感同身受。两人的心酸本来埋藏得很好，可是周围人的爱却常常让她们被迫撕开自己的伤口。面对弱者，我们不是为了显示自己的优越，而是真心地去可怜同情别人。可是弱者偏偏见不得别人异样的目光。同情别人也要照顾他们的自尊。而只有拥有自尊心的人才更加体会这种情感。相比一些通过卖惨而赚取别人同情换来金钱的人，向秀玉和杨旗的内心多么纯净和美。还有那些默默帮助她们的矿工，他们选择来这里吃饭都是内心自觉或不自觉同情弱者的表现。我们不能要求那些付出同情心的矿工再给她们一些自尊，因为客观的事实是无法改变的，弱者的内心会更加敏感和脆弱。因此，授爱者与施爱者是一对矛盾，矛盾本身的对立就是不可调和的。但两者又是统一的，统一于付出爱者的真心与被授予爱者的感恩。无论弱者接受与否，那份爱已经感受到了。

　　生活中我们太需要人性的正能量了。人性很复杂，但彰显美的方面让我们感到生的意义和美好。读了这篇《清汤面》我终于知道从小到大，我为什么总是遇见好人。好的乡邻，好的亲戚，好的同学，好的朋友，好的老师。原来也是因为我父亲在矿上早早去世。我也感受过异样的眼光，仿佛我在街头出现的时候，那些目光一直从街头送到街尾。因为，当你不是明星的时候，你不能承受别人的目光在你身上驻留。有的人善于掩饰自己的伤口，不愿意让人知道自己的不幸，他们外表或活泼干练，或冷漠泼辣，内心的那份无助只有自己知道。即使是这样，我们还是喜欢有自尊的人，自尊才能自爱和自强。

作品是现实的反映，现实里的一点点微光跑到我们的笔下也能绽放光芒。

　　我们有时不自觉地将写作者的称呼分类：大师级别的称"先生"，一般的统称"作家"，网络文学的杰出者称"大神"，名不见经传的就多了，有叫"键盘侠"的，有叫"夜游神"的，有叫"段子手"的，有叫"自媒体小编"的，文雅一点的叫"文学青年""文学爱好者""自由撰稿人"。汪曾祺是大师，我们常称他为"先生"。

　　之所以联想到这些分类，是看到了汪曾祺先生写的短篇经典《异禀》。其中有个药店，药店里的"同仁"，一律称"先生"。先生里分几等。一等是"管事"，即经理，现在称"股东"或"总经理"。二等的叫"刀上"，是现在的"科技标兵"。其余的都叫"同事"。这三类都是"先生"一级，"先生"以下是学生意的，称"相公"。这里边被关注最多的是陶先生和陈相公。陶先生是个"痰篓子"，每天兢兢业业工作，唯恐被辞退。陈相公就是咱们熟知的学徒工，不在编制以内。他每天起得比鸡早，干得比驴多，还经常挨打，跟现在的自媒体小编没什么不同。

挨打的原因很多，更多时候是因为脑子不灵光，那些药店里的中层甚至底层员工都能打他。然而，小说的主人公却不是这两个小人物。

小说的主人公是王二。街上的人是看着王二发家的。"眼见他起高楼"，没见他"楼塌了"。王二是怎么发家的呢？他勤快，谦和，会经营，低调，有节制。他最初在保全堂药店的铺外面经营着熏烧摊子。"熏烧"就是卤味，后来租了源昌烟店的店堂，生意越做越大，就发起来了。其实王二发家的真正原因还是活做得好，东西好吃。在汪曾祺先生的笔下，那些美味写得有色有味儿，比如"蒲包肉"的描写：

"蒲包肉似乎是这个县里特有的。用一个三寸来长直径寸半的蒲包，里面衬上豆腐皮，塞满了加了粉子的碎肉，封了口，拦腰用一道麻绳系紧，成一个葫芦形。煮熟以后，倒出来，也是一个带有蒲包印迹的葫芦。切成片，很香。"

王二这个人，除了写他的发家，还有两大爱好。第一是听书，第二是赌钱。听书也是有个过程的。原先做熏烧铺子的时候不去，因为费钱和没时间，也与自己的身份不符。后来做了店堂的老板，每晚九点以后就可以去保全堂听书了。赌钱是他的爱好，但一年里只过年的时候尽兴玩五天，非常有节制。你看他每天似乎优哉游哉，其实买卖全在心里。

《异禀》的叙事，让我想起了生物解剖图。你看，我们从细枝末节读起。那些毛细血管是细致的描写，是作品的血肉，没有血肉，怎么会丰满？比如文中的各类美食的做法，又有知识性，又有趣味性，还在介绍中把人物也画出来了。然后是两条大血管主动脉，一个是王二的"源昌号"，一个是保元堂药店。既然写王二的"源昌号"为什么又写到药店呢？因为药店里有张汉在说书，而王二喜欢听书。没有听书，就没有张汉问王二的"异禀"。没有王二的解释，也就没有陶先生和陈相公的蹲厕所。如果陶先生和陈相公只是普通的大小手就没什么意思了，原来他们都想着看自己有没有异禀，还能不能发家。这两个小人物的身份如果不点明，小说的人物刻画就减了一半的分数，因此药店要不要写？要不要将药店工作人员的等级写详细？前面所有的铺垫都是两条动脉牵引着直达心脏。这心脏部分是全文的核心。各色人物在这里聚合。且看对张汉语言的描写，这心脏部分：

有一天，张汉谈起人生有命。说朱洪武、沈万山、范丹是同年同月同日同时，都是丑时建生，鸡鸣头遍。但是一声鸡叫，可就命分三等了：抬头朱洪武，低头沈万山，勾一勾就是穷范丹。朱洪武贵为天子，沈万山富甲天下，穷范丹冻饿而死。他又说凡是成大事业，有大作为，兴旺发达的，都有异相，或有特殊的秉赋。汉高祖刘邦，股有七十二黑子——就是屁股上有七十二颗黑痣，谁有过？明太祖朱元璋，生就是五岳朝天——两额、两颧、下巴，都突出，状如五岳，谁有过？樊哙能把一个整猪腿生吃下去，燕人张翼德，睡着了也睁着眼睛。就是市井之人，凡有走了一步好运的，也莫不有与众不同之处。必有非常之人，乃成非常之事。大家听了，不禁暗暗点头。

张汉猛吸了几口旱烟，忽然话锋一转，向王二道："即以王二而论，他这些年飞黄腾达，财源茂盛，也必有其异秉。""……？"

王二不解何为"异秉"。

"就是与众不同，和别人不一样的地方。你说说，你说说！"大家也都怂恿王二："说说！说说！"

王二虽然发了一点财，却随时不忘自己的身份，从不僭越自大，在大家敦促之下，只有很诚恳地欠一欠身说："我呀，有那么一点：大小解分清。"他怕大家不懂，又解释道："我解手时，总是先解小手，后解大手。"

张汉的说书很有传奇性，吸引着每个听书人。张汉问王二的异禀时，很多人都想知道发家的秘诀，到底有什么异禀，自己有没有相同的异禀？王二也跟着具有了传奇性。我们不能小看了王二。他虽然发家了，但不会好为人师，将发家诀窍和一盘生意经公布于众，只是大事说小或者混说一通。他所谓的先解小手，再解大手，或真或假，半真半假。生意人的话，你可以全听，也可以听一半，也可以不听，全在于你自己有没有脑。大部分人听了这结果不以为意，只有两个小人物诉诸实践去厕所等屎尿。读到这里，我们觉得他俩可笑又荒诞，可悲又可怜。像陶先生和陈相公，如果没有中五百万的彩票是不可能凭借天赋异禀来发家的。王二的异禀之前说过了，是勤奋，谦和，会经营，低调等。

《异禀》的叙事像文火慢炖烹制一份佳肴，渐出美味还回味无穷。在叙事中，有各种调料入味，这调料就是知识与趣味。对于作品来说这些可能是闲笔，但要想作品有味道，缺哪一料都不完整。看似信笔写来，其实都有非常严密的构思，所有闲笔都不闲。不信你看《红楼梦》有多少文字在谈吃穿住用行，人物便在这些描写里生动起来了。写作者要做百科全书，决不能只做小家碧玉。这样的话，你离"先生"就不远了。

　　刘恒以他独特的语言塑造了丑女人瘿袋，从而让《狗日的粮食》成为不朽的经典。

　　这是一个什么样的女人？她丑陋，因为她脖子上长了一个瘿袋。很多人买了她又卖了她。只有光棍汉杨天宽认她做了老婆。请看这一段精彩的描写：

　　"你的瘿袋咋长的？"出了清水镇的后街，杨天宽有了话儿。

　　"自小儿。"

　　"你男人嫌你……才卖？"

　　"我让人卖了六次……你想卖就是七次，你卖不？要卖就省打来回，就着镇上有集，卖不？"

　　"不，不……"女人出奇的快嘴，天宽慌了手脚，定了神决断，"不卖！"

　　"说的哩。二百斤粮食背回山，压死你！"

女人咯咯笑着瞭前边去，瘿袋在肩上晃荡，天宽已不在意，只盯了眼边马似的肥臀和下方山道上两只乱掀的白薯脚。

"瘿袋不碍生？"天宽有点儿不放心。

"碍啥？又不长裆里……"女人话里有骚气，搅得光棍儿心动，"要啥生啥！信不？"

"是哩是哩！"最后是女人到坡下小解，竟一蹲不起，让天宽扛到草棵子里呼天叫地地做了事。

进村时女人的瘿袋不仅不让天宽丢脸，他倒觉得那是他舍不下的一块乖肉了。

瘿袋是杨天宽花二百斤谷子买来的。瘿袋担心杨天宽不要他，硬是在回去的路上就用女人的身子勾引了光棍汉。她是一个又丑又聪明还骚气的女人，尽管这里有很多无奈，她总得给自己找个归宿。只有光棍汉不嫌弃她，她好歹也是个女人，况且说炕上也做得，地里也做得。作为老婆，尤其是穷人杨天宽的老婆，也就这样了。

他又是粗俗的，自私自利的瘿袋。她是怎么干公家的活与自家活的呢？小说中这样写到：

日子苦，但让她得些怜悯也难。她做活不让男人，得看在什么地界儿，家里不消说了，推碾子腰顶主杠，咚咚地走，赛一头罩眼牲口，能把拉副杠的小儿小女甩起来；从风火铳背柴到家里，天宽一路打六歇，她两歇便足了，柴捆壮得能掩下半堵墙；担水一晨一夕十五担，雨雪难阻，五担满自家的缸，十担挑给烈属、军属，倒不是她仁义，而是每日四个工分诱着。地里就不同了，一上工立即筋骨全无，成了出奇的懒肉，别人锄两梯玉米的工夫，她能猫在绿林深处纳出半拉鞋底，锄不沾土；

去远地收麻，男背八十，女背五十，她却嫩丫头似的只在胳肢窝里夹回镐把粗的一捆。

"瘿袋长到屁股台儿了，背不得？"队长怨她。

"背不得，我腿根子夹着你的｜哩！"

"……你篓儿倒不空。"

"空了不饿死你六个小祖宗？亏是天宽揍下的，你的种儿你敢说这个?!"

瘿袋是无所不能的，她能生能干能骂人，最主要的是搞到粮食。瘿袋与杨天宽一连生了六个孩子。就是三年困难时期，杨家的坟头上也没有添新土。瘿袋用她自己的方式弄粮食，甚至在新鲜骡粪里淘玉米。她偷过，摸过，抢过，凡是能填饱肚子的法子她都用上了。这是一个强大的女人，似乎没有什么能够打倒她。可是，生于斯，死于斯。能够搞到粮食的她却因为丢了一百六十斤的购粮本而被杨天宽打了巴掌从而选择了自杀。小说的大半部分写瘿袋的强大的生存能力，后面一下子又变成了纸糊的灯笼。以瘿袋的性格，仿佛没有什么能够难倒她。可是，那是160斤粮食呀，家里八口人还要吃饭。相比杨天宽买她时的二百斤粮食，可见日子是越来越不好过了。粮食就是人的命，没有了粮食，你再能说会骂也是瘪肚子。

瘿袋的死，绝不是因为杨天宽赏她的巴掌，而是那一百六十斤粮食丢掉后她的悲伤。这是用什么办法也无法挽回的。瘿袋临死说了那么五个字——狗日的粮食，成就了小说的主题与深沉的思考。粮食，让这些穷苦的农民，挣扎在死亡线上。他们要求的不多，就仅仅是活着。然而，他们每天无休无止的劳动，竭尽全力的搞粮食，还要这样挨饿，那究竟是为什么？只能骂一句"狗日的粮食"了。民以食为天，瘿袋也不是死在悲伤上，是死在了狗日的粮食上了。

人物的悲剧还在于瘿袋死后孩子们对她的态度上。孩子反而庆幸再没人管的那样紧。她心心念念弄的粮食养出来的孩子，对她这个娘渐渐淡漠了。只有后来做了医生的孩子隐约记得母亲脖子里的瘿袋，大概是"甲状腺肿大"。

瘿袋是丑陋的，自私的，粗俗的，然而又是坚强的，不屈的和脆弱的。这样的不让村人待见瘿袋却激起了读者的同情。卑微的小人物总是能吸引作家的视线。作家刘恒用悲天悯人的笔墨为我们再现了饥饿年代农民的辛酸生活。他们是顽强的，又是脆弱的。丑陋的外表下有一颗不屈的心。希望我们祖祖辈辈的土地上的农民永远不会挨饿，那灾难性的历史永久的成为历史。